Umschlagfoto: Martin Andreas Walser © 2015
Copyright © 2015 Martin Andreas Walser
Herstellung und Verlag: Books on Demand GmbH, Norderstedt
ISBN: 9-783738-612967

Die Deutsche Nationalbibliothek verzeichnet diese Publikation in der Deutschen Nationalbibliografie; detaillierte bibliografische Daten sind über http://dnb.d-nb.de abrufbar.

Martin Andreas Walser

deinSein
Erste Annäherung an Felix

Roman

Für Monique

in deren Bett ich vielleicht nie lag,
nicht liege eben jetzt
nicht liegen werde
in absehbarer oder in fernerer Zukunft.
Doch was wissen wir schon über
Vergangenheit, Gegenwart und Zukunft,
wenn wir die Augen nicht öffnen,
um sehend zu ergründen,
was war,
was ist,
was uns erwarten könnte.
Felix Amboden

Eins

I

Ein leises Hallo. Ein hingehauchtes. Höchstens. Von weit entfernt sich nähernd, tänzelt es auf samtenen Pfoten heran wie ein Schmusekätzchen mit dem einzigen Ziel, sich an dich zu schmiegen. Ist es noch ein sehr früher oder ein Morgen, der nicht bloß ein bereits angebrochener ist, sondern der schon ein beachtliches Stück seines Weges zurückgelegt hat? Sieben, acht, neun, neun Uhr dreißig gar?

Noch fehlt ihm, der sich eben noch tief schlafend wusste oder glaubte, jeglicher Bezug zu dem, was sein neuer Tag werden soll, werden könnte. Eines jeden Menschen neuer Tag ist ein individueller, dessen einzige, durchgehende Übereinstimmung mit all den anderen persönlichen neuen Tagen die Dimension Zeit ist, und, dies bereits nur bedingt, das Datum: Es ist Samstag, 18. Juni.

Er, derzeit in angenehmer Ruhestellung, hatte, wird ihm sehr zögerlich bewusst, in Gedanken eine Vorstellung entwickelt, lange, scheint ihm, bevor er dem Traumreich entglitten ist oder hinüber gefunden hat in sein derzeitiges, wohliges Dösen, was dieser, sein individueller neuer Tag ihm schenken könnte, eine Erwartung daraus abgeleitet und in einer heftigen Gefühlswallung vervollständigt, nachgerade vervollkommnet, ohne sich nun, im Moment des derzeitigen Standes seines Wechsels von Schlaf zu Wachsein, auch nur andeutungsweise daran erinnern zu können, worum es im Einzelnen ging.

Hochgepriesen wird das Ereignis, wo hinein man nach erholsamem Schlaf eintritt oder hineingestoßen, hineingeworfen wird von jenen, die sich aller Unbill zum Trotz die Hoffnung nicht nehmen lassen: Ein neuer Tag! Alles wird nicht nur gut, vielmehr: ungleich besser noch wie am verflossenen! Er allerdings, dessen Denken in diesen Minuten des Erwachens für eine sich rasch verflüchtigende Weile rückwärts, nämlich auf seinen Traum gerichtet bleibt, der sich aus dem Erinnern zu schleichen beginnt (Träume sind ihm oft als geheimnisvolle Scheinrealität lieber als jene tatsächliche, die er nach dem Erwachen antrifft), zweifelt üblicherweise bereits in diesen ersten Sekunden des wiedererwachenden, bewussten Er- beziehungsweise Lebens: Der neue Tag, würde er tatsächlich zum (lange ersehnten) Neuanfang, oder entpuppte er sich nur allzu rasch als langweilige Fortsetzung, als billige Kopie des gestrigen, der dem vorgestrigen, dem davorliegenden, allen verflossenen Tage folgen würde, die sich seit zu langer Zeit allesamt als gleichförmig und monoton, zudem zäh verrinnende Stunden in sein Gedächtnis eingekerbt haben?

Aber, aber, würde die vertraute Person, der er sich öffnen wollte, so sie existierte, wem hatte er sich denn je anvertraut in dieser Periode, die nun ihr Ende gefunden haben könnte?, niemandem!, wohl stirnrunzelnd mahnend ihrer Sorge um ihn Ausdruck verleihen, du willst doch nicht behaupten, dies sei bei dir die Regel, auf diese Weise, mit mürrischen Gedanken, voller Zweifel!, in einen neuen Tag einzutreten? Daran musst du, daran müssen wir arbeiten, sonst wird nichts mehr mit dir, mit deinem Leben! Was eine erste Erklärung dafür liefert, weshalb er sich, und dies seit geraumer Zeit, rundum ausschweigt; der große, durch nichts von seinem Vorhaben, seinem Entschluss abzubringende Schweiger inmitten einer Welt, der es an nichts weniger mangelt, denn an gedankenlos Plappernden. Das Schweigen pflegt er mit aller Konsequenz. Selten, aber immerhin, war in letzter Zeit, Tendenz: zunehmend, gar vermutet worden, er sei ein nicht bloß Verstummter, vielmehr ein Stummer zwar nicht von Geburt, sondern geworden: allenfalls die Folge eines uns unbekannt gebliebenen Unfalls? Ansprechen darauf wollte man ihn indessen nicht. Die Wahrheit allerdings ist weniger dramatisch: Jedes Wort zu viel, zumal über sich, seinen Zustand, darüber, wie es dazu gekommen ist, könnte, ist er überzeugt, fatale Folgen für ihn haben (und er hat eine wahre Meisterschaft darin entwickelt, sie sich auszumalen). Sorgenfalten provozieren. Mitleid erwecken. Doch keine Anteilnahme will er, keine Hilfe angeboten erhalten. Hilf dir selbst, so hilft dir Gott, hat er schon in der Schule gelernt.

Weshalb ihn dieser erste Eindruck neuerlichen Wachseins schlagartig hoffen lässt an diesem, es handle sich um einem speziellen Morgen, ist er sich sicher, völlig wider alle bisherigen ersten Empfindungen beim Wiedereintritt in die Welt der Nichtschlafenden (nicht jeder, hat er, auf sein eigenes Beispiel verweisend, in einem seiner Selbstgespräche argumentiert, sei ein Wacher, bloß weil er dem Zustand des Schlafens entronnen sei)? Dies liegt alleine in diesem Hauch eines liebevoll gedachten Morgengrußes begründet, der sein Ohr erreicht, ihm schmeichelt, einen Nerv in ihm zum Schwingen bringt, tief in seinem Innersten, den er bis eben tot glaubte. Das Säuseln ist ihm wohltuend ungewohnt, und das kaum wahrnehmbare Rascheln an seiner Seite ein Geräusch, das einordnen zu können ihm einige Lebenssekunden abfordert. Dann jedoch kehrt, gemächlich, die Erinnerung zurück: Der mutmaßlichen Veränderung, die seine gesamte Zukunft in völlig andere Bahnen lenken könnte, ihr galt sein letzter Gedanke, bevor er einschlief.

Zu später Nacht-, vielmehr: zu früher Morgenstunde.

Vom klitzekleinen Sei-willkommen-im-neuen-Tag-Lüftchen, das ihn umstreicht, smile, smile: er vermag sich, ohne die Augen zu öffnen, das Lächeln vorzustellen, das dabei ihre Lippen umspielt, darf er annehmen, es schlösse ein Du-hast-hoffentlich-gut-geschlafen ebenso ein, wie ein Alles-andere-würde-mich-überraschen-nach-dieser-wunderbaren-Nacht. Tonlos, präzise bezeichnet (und sie steht bei ihm in vielerlei Hinsicht weit über vielen anderen Dingen: die Präzision!), diese sanfte Begrüßung zum neuen, dem Morgen danach, geformt von Lippen, die sich kaum öffnen und schließen, während sie nichtformulierend formulieren. Gedacht übertragen: so am ehesten, empfindet, denkt, spürt, fühlt er; sämtliche Sinne sind beteiligt, selbst zu sehen vermag er den stummen Gruß durch die geschlossenen Augenlider hindurch: Diese intensive, lediglich durch Schwingungen eines Hirns übertragene, eine zärtliche Empfindung wird unvermittelt zum strahlend farbigen Gemälde; es könnte einem Traum entstammen, doch scheint es ihm real zu sein: derart scharf bis in die letzte Winzigkeit, derart detailverliebt!

Glaubst du daran?, hätte er sich in der zweiten Person um ein Haar gefragt, in der er sich oft anspricht, ist er auf der erfolglosen, zum besseren Verständnis: gar nicht erst eingeleiteten, Suche nach einem Gesprächspartner schließlich und ergo wenig überraschend bei sich selbst fündig geworden: Glaubst du an die, an etwas, das der Gedankenübertragung entspricht oder ihr nahekommt (für wie viel, was sich in solchen Phänomenen ausdrückt, uns doch die passenden, die exakten Worte und Begriffe fehlen!)? Er unterdrückt die Frage im Wissen, sie würde ihn über eines der ihm gewohnten und vertrauten und in einer gewissen Weise lieb gewordenen Streitgespräche mit sich, in denen er jeweils alle Für und Wider engagiert, mitunter hitzig erörtert, unweigerlich zurück ins Traumreich führen. Intensives Denken, wie es diesen gedachten Debatten und Disputen eigen ist, ermüden ihn in letzter Zeit nur zu schnell, lassen ihn erschlaffen und faul werden und eher früher, denn später in einen unruhigen Schlaf hinüber oder zurück gleiten.

Dies soll, dies darf ihm, ausgerechnet heute!, keinesfalls widerfahren! Dagegen wird er sich mit allen Mitteln zur Wehr setzen!

Er will wach bleiben!

Vielmehr, dies steht unverrückbar an erster Stelle: definitiv erwachen will er!

Komme danach, was wolle!

(Er tritt demnach, ebenso fundamental anders als sonst, zumindest seit ihm »das mit Lydia« widerfahren ist, mutig, statt, wie so oft zuvor, verzagt, in diesen, einen außergewöhnlichen Samstag ein.)

Andrea

Felix? Ach, das ist so lange her! Meine erste Liebe. Wir haben herumgeknutscht, mehr nicht. Wir saßen zusammen in der gleichen Klasse. Es war eigentlich eher so, dass ich mich an ihn herangemacht habe, nicht er sich an mich. Keines von uns Mädchen konnte ihn haben, obwohl ihn einige sehr... nicht süß, nein, er war nicht von der Art, aber... ich weiß nicht... interessant vielleicht?, fanden. Und ich habe es geschafft, ausgerechnet ich! Ich war bisher nur belächelt worden, etwas herablassend, wie ich fand, weil ich mir bis zu diesem Zeitpunkt nichts aus Jungs gemacht hatte. Felix war also auch eine Art Trophäe, die mir Respekt unter uns Mädchen verschaffte. Aber etwas Ernsthaftes? Aber nicht doch! Nicht in diesem Alter! Oh ja, ich weiß, er hat ein wenig gelitten, als es zu Ende war nach jenem Nachmittag im Schwimmbad, aus dem wir gewiesen wurden, weil ein Vater, der mit seinen Kindern da war, es obszön fand, wie wir aneinander herummachten, und den Bademeister rief. Dabei hatten wir doch nichts getan, als uns geküsst. Lange und intensiv. Zungenküsse. Das war aber auch alles! Doch so waren die Zeiten damals. Etwas knutschen genügte, um mit Schimpf und Schande aus einem öffentlichen Freibad geworfen zu werden.

II

Die Frage hatte ihn beileibe nicht überrascht, einem Ritual gleich wurde sie beinahe jeden Freitag gegen Arbeitsschluss an ihn herangetragen. Er war sich der an diesem Abend unausweichlichen Frage seines Bürokollegen somit bereits und spätestens frühmorgens, als er unter der Dusche stand, gewiss gewesen und hatte nur sehr kurz mit dem Gedanken gespielt, ihr auszuweichen, indem er sich krankmelden würde. Dieser Überlegung machte sein Pflichtbewusstsein aber augenblicklich den Garaus. Er war jedoch davon ausgegangen, er würde sie beantworten, die unausweichliche Frage, bevor alle ins Wochenende entschwanden, wie an allen vorangegangenen Freitagen: abschlägig, mit falschem Bedauern im Gesicht: ich bin untröstlich. Sich gleichzeitig, gut erzogen, Großvater wäre stolz auf mich!, artig bedankend.

John, er hatte sich halbwegs von seinem Bürostuhl erhoben, was einen nicht unwesentlichen Teil dieses sich im Wochenrhythmus wiederholenden Vorgangs bildete, als wolle er den privaten Charakter seiner Frage durch diese demonstrative Abwendung vom Arbeitsplatz zusätzlich unterstreichen, erwartete von Felix selbstverständlich keine andere Äußerung als sein stereotypes, ewiggleiches, monotones Nein-aber-danke-dass-ihr-an-mich-gedacht-habt. Der Anstand allein ließ ihn die Frage gleichwohl Freitag für Freitag wiederholen, Feiertage und Ferien ausgenommen. Entsprechend hatte die Art und Weise, in der John seine obligate Freitagsfrage an Felix richtete, sich mit der Zeit verändert. Nicht mehr Vorschlag, Idee, Angebot, Aufforderung schwang in ihr, sondern es nahm der Tonfall, mit der John sie vortrug, die abschlägige Antwort praktisch vorweg.

Irgendwann im Verlaufe des Vormittags, Felix hatte noch nicht eruieren können (dazu fehlte die Zeit, schließlich hatte er zu arbeiten!), was diesen Mechanismus in Gang gesetzt hatte, war es ihm an diesem Freitag allmählich gedämmert, er könnte allenfalls Lust darauf verspüren, er hatte sie, ohne dieses vage Gefühl einordnen zu können, wohl schon länger in sich getragen, diesmal die Einladung anzunehmen. In der Mittagspause, die Felix wie üblich so kurz wie nur möglich hielt, zwanzig Minuten genügten vollauf, das Gebäude schnell zu verlassen, über die Straße zu eilen, in »Ali's Imbiss« (in genau dieser Schreibweise angeschrieben das kleine, schmale, überaus beliebte Lokal) ein Sandwich und eine Cola zu erstehen, beides zurück ins Büro zu tragen und sich am Schreibtisch einzuverleiben, fragte sich Felix zweierlei (mahlt der Kiefer erst einmal, lässt sich wunderbar denken, befreit ist das Hirn vom nagenden Hungergefühl, von der unbedingt zu stillenden Lust, den Durst »unvernünftig«, so hätte dies seine Mutter bezeichnet, nämlich mit einer Cola, stillen zu wollen): Erstens, wie er sich verhalten sollte, bliebe ausgerechnet an diesem Freitag die übliche Frage aus (vielleicht wäre es John aus unerfindlichen Gründen ausgerechnet heute leid, sich Woche für

Woche dieselbe Antwort anhören zu müssen). Und zweitens, weshalb er ausgerechnet an diesem Freitag Mitte Juni mit dem Gedanken spielte, kopfnickend, nein: freudig!, Ja zu sagen. Dass dies bedeuten könnte, die scheinbar offensichtlichste Erklärung, er habe »das mit Lydia« endgültig überwunden, oder er sei es wenigstens leid, sich weiterhin mit diesem Problem und den Folgen herumzuschlagen, erschien ihm nachgerade grotesk. Natürlich empfand er sein jetziges, also »das Leben danach« als ereignislos (manche hätten das Ende zweifellos ganz anders gewertet, bejubelt zum Beispiel als endlich zurückgewonnene Freiheit und sich entsprechend verhalten, »ausgetobt« gar), doch hatte ihn dies bislang kaum je gestört. Lieber etwas zu viel Ruhe, hatte Felix sich immer und immer wieder gesagt, als mich erneut diesem Lärm, dieser Hektik, dieser Oberflächlichkeit auszusetzen, woraus das angeblich moderne Leben in seinen Augen beinahe einzig bestand und das Lydia so sehr gefallen hatte. Und trotzdem gelüstete es ihn plötzlich, es heute wagen zu wollen, sich ausgerechnet dem erneut zu stellen, was ihm spätestens seit Lydia abgrundtief zuwider war? Merkwürdig!

Beinahe noch größer war begreiflicherweise Johns Verblüffung, dass Felix, aus heiterem Himmel, ohne Vorwarnung, ohne Ankündigung: »du, ich habe nachgedacht«, oder: »du, es hat sich etwas ergeben«, nicht länger abseits stehen wollte. wenn seine Kollegen am Freitagabend loszogen, um bei einem Bier auf den Wochenschluss anzustoßen. Felix brauchte sich nicht anzustrengen, dies seinem Gesichtsausdruck zu entnehmen.

Bettina

Wir sind damals per Zufall zusammengekommen, könnte man sagen. Ja, bis hierhin stimmen wohl meine und die Wahrnehmung von Felix überein: Die starken Gefühle füreinander überfielen uns wie ein Naturereignis, das völlig überraschend eintritt, ein Erdbeben etwa. Wir sahen uns und haben uns sofort ineinander verliebt. Ja, darüber haben wir gesprochen: dass es bei ihm und bei mir augenblicklich gefunkt hatte. Und wie! Nun ja, wie man sich so verliebt in dieser Phase des Lebens, kurz vor dem Ende unserer Schulzeit, genauer: seiner, ich hatte ja noch ein Jahr vor mir, und wir steckten damals mitten in der Pubertät. Heute kommt das ja alles früher, wird behauptet. Nach etwa zwei Monaten hatte ich genug: Er klammerte, er machte Pläne für die Zukunft, die weit über den Zeitraum hinausgingen, den ich zu jener Zeit überblicken wollte. Ich hatte keine Lust, an Familie und Kinder und ein gemeinsames Haus auf dem Land zu denken! Nicht im Alter von etwas mehr als fünfzehn Jahren! Als das mit seiner anderen Freundin vorbei war, mit der er sich wohl über mich hinwegtrösten wollte, sind wir noch einmal kurz zusammengekommen. Aber es ist nichts mehr daraus geworden, die Liebe war erloschen. Und außerdem hatte er sich kein bisschen verändert.

III

Du: Felix Amboden, zweiundfünfzig Jahre alt bist du mittlerweile, einhundertachtundsiebzig Zentimeter groß, zweiundachtzig Kilo schwer (gestern gewogen, am frühen Morgen, vor dem Frühstück, wie immer zur exakt gleichen Zeit, auch darin bist du stark: in deiner konsequenten, präzisen Anwendung einmal festgelegter Messmethoden), unverheiratet, kinderlos, und, sagen manche hinter vorgehaltener Hand und durchaus anerkennend, noch immer ein stattlicher Mann (allerdings gehst du dermaßen abweisend durch die Gegend, dass dich niemand anspricht, niemand anlächelt, niemand sich dir auch nur um einige wenige Millimeter anzunähern getraut). Du schaust aus dem Fenster. Angestrengt, interessiert, würden die vielen dein Hinausblicken deuten, die dich nicht oder kaum, gelangweilt, desinteressiert die wenigen, die dich gut kennen. Sie allerdings sind an einer Hand abzählbar, und sie hätten dich oder sich längst gefragt, ob du je wahrnimmst, worauf du schaust. Dein Blickfeld, dich scheint dies nicht zu stören, ist beschränkt auf ein weiteres Wohnsilo, identisch mit jenem, in welchem du wohnhaft bist. Darüber ein Stück des von grauen Wolken überzogenen Himmels.

Regen droht.

An diesen Ort hast du das verschwindend (erschreckend?) Wenige gebracht, das dir geblieben ist, beziehungsweise: was dir wichtig oder unbelastet genug war vom Vergangenen, es aus der damaligen in deine neue Wohnung zu transportieren. Du bist also nicht etwa beraubt worden, was man angesichts der kargen Möblierung deines neuen Zuhauses vermuten könnte, und es ist nicht dein früheres Zuhause ab- oder ausgebrannt oder das Haus eingestürzt, sodass du nach einigen Erinnerungsstücken erst graben musstest, mit bloßen Händen eventuell gar. Und weder hast du beinahe dein gesamtes Hab und Gut verzockt, noch hast du alles zurücklassen müssen zum Beispiel, weil du die Miete nicht bezahlt hast, dich also eines Tages, besser (deinem Wunsch nach Präzision geschuldet): eines Nachts, genötigt sahst, das Weite zu suchen, um möglichst unauffällig in der Anonymität dieser Anhäufung von Beton ein neues Leben zu beginnen (oder das alte, schändliche, hier so lange, jedoch ohne die angehäufte Schuldenlast, weiterzuleben, bis du dich erneut zur Flucht gezwungen sehen könntest). Im Vergleich zu all den denkbaren, diesen tragischen, traurigen, abenteuerlichen Varianten, die sich sogleich in die Gehirngänge jener Menschen drängen würden, die über genügend Vorstellungskraft verfügen, sich einen Reim auf dein armselig eingerichtetes, heutiges Zuhause zu machen, hört sich die Wahrheit (jedoch: hinkt die Realität, über weite Strecken in Schwarzweiß gehalten, nicht fast stets der kunterbunten Fantasie hinterher?) weitaus lapidarer an, und du würdest sie auch nicht verschweigen (obwohl es dich reizen könnte, dich einer der ungewöhnlicheren und spektakuläreren Legenden zu bedienen, die nicht nur das Gehirn der von dir Hörenden oder

Lesenden, sondern selbstredend auch deines beschäftigt und die Fantasie beflügelt haben): Du hast es, schlicht, so gewollt.

Besitz, hast du für dich in deiner damaligen Lebenssituation erkannt, hemmt, und dir geschworen, diese Erkenntnis nie wieder zu vergessen. Also hast du beinahe alles gelassen, wo es sich gerade befand, als du dort aus- und hier eingezogen bist. Ohne dich nur einmal umzusehen. Ohne Wehmut. Ohne Trennungsschmerz. Du hast höchstens gestaunt, wie leicht es dir fiel, dich von alledem zu trennen, was eben noch voller Geschichten steckte und was du eben noch meintest, deswegen nie mehr hergeben zu wollen oder zu können. Weshalb du nicht gleich auf einen festen Wohnsitz, das berühmte »Dach über dem Kopf«, und auf deine geregelte Arbeit verzichtet und stattdessen deinen anderen Plan verwirklicht hast: Wirst du dich später dazu äußern, es später erklären wollen? Denn seither lebst du, was manche irritierend finden, im elften Stockwerk in Appartement D von Haus II der Siedlung »Am Bach«, einst an- und landesweit gepriesen als Überbauung mit besonders hoher Lebensqualität. Ausgemachter Blödsinn.

Zu Beginn hatten sich zwar durchaus einige so genannte »Besserverdiener« von den hochtrabenden Werbebotschaften verführen lassen, ihren Irrtum aber bald eingesehen und waren wieder ausgezogen. Heute lebt hier, wer sich keine bessere Wohnlage leisten kann (nur wenige wohnen uneingeschränkt gewollt in diesen damals eilig hochgezogenen Bauten, du zählst somit zu den spärlichen Ausnahmen, welche die Regel bestätigen). Es haben hier, die Aufzählung mag unvollständig sein, somit: zum Beispiel, ein Zuhause, eine Unterkunft, eine Bleibe, einen Platz zum Schlafen (um fernzusehen, Computerspiele zu spielen, zu lieben, zu streiten, zu hassen, sich zu versöhnen) gefunden: Einsame, Vereinsamte, Verlassene, Vergessene, die verschiedensten Nationalitäten, die sich, kunterbunt gemischt, auf vier langgezogene, je fünfzehn Stockwerke hohe, parallel und ziemlich eng nebeneinander stehende Wohnblocks verteilen, denen eines gemeinsam ist: Sie sind mittlerweile nicht bloß in die Jahre, sondern ziemlich heruntergekommen. Du aber könntest, wie zuvor, ganz anders leben, deine finanziellen Verhältnisse ließen dies unzweifelhaft zu, doch hast du dieses Dasein aus freien Stücken für dich als passend erkannt und gewählt. Deshalb nochmals: Weshalb nur hast du bloß einen halben und keinen ganzen, einen konsequenten Schritt in jene Richtung getan, die dir die einzig richtige zu sein schien?

Trittst du im elften Stockwerk aus dem stets muffelnden Fahrstuhl, wendest du dich auf dem karg beleuchteten Flur, in dem sich die unterschiedlichsten Gerüche aus den anliegenden Appartements eingefunden haben, eine bunte Mixtur aus Küchendüften aus beinahe allen Kontinenten dieser Welt, rasch und ohne aufzublicken nach links. Die dritte Tür rechts führt in deine Wohnung. Dem winzigen Vorraum schließen sich an: Küche. Bad. Wohnzimmer. Schlafraum.

Wenige Quadratmeter insgesamt.

Nachdem du die Jacke ausgezogen und in die billige Garderobe gehängt hast, du hast sie dir nach deinem Umzug erstanden in einem Anflug von Übermut, schlurfst du die wenigen Schritte ins Schlafzimmer (was du zu Hause, insbesondere im Haus deiner Großeltern, nie tun durftest). Ein Bett, ein Stuhl, ein Schrank, ein Beistelltischchen neben dem Nachtlager, darauf ein Buch, eine Leselampe, der Wecker erwarten dich. Du reißt dir die Krawatte vom Hals, ziehst dir das weiße Hemd über den Kopf, meist, ohne zuvor sämtliche Knöpfe zu öffnen, und lässt es achtlos zu Boden fallen. Kommt eh in die Schmutzwäsche. Später. Du ziehst dir das T-Shirt über, das du am Morgen bereitgelegt hast. Zwängst dich aus der Hose mit der Bügelfalte. Hängst dein bestes Beinkleid sorgfältig über den Bügel: du brauchst es noch. Also sollte es möglichst nicht zerknittern. Nicht schon wieder bügeln! Unabdingbar die einigermaßen korrekte Kleidung bei der Arbeit. Wobei man dir gegenüber eine gewisse Nachsicht zeigen würde. Aber da du mit kaum jemandem mehr sprichst, erfährst du davon nichts. Schlüpfst in deine Jeans (ein Besitz aus grauen Vortagen, durchgewetzt, ausgefranst an den Hosenstößen, nur noch innerhalb deiner vier Wände zu gebrauchen).

Das einzige Bild in deiner Wohnung ist ein Werbeplakat. Es hängt an jener Schlafzimmerwand, die du bequem, nämlich vom Bett aus sehen kannst, liegst du, deine Lieblingsstellung, die du an Wochenenden mitunter den halben Tag nicht aufgibst (es sei denn, um schnell pinkeln zu gehen, um danach sofort wieder unter die warme Bettdecke zu schlüpfen), aufgestützt der Nacken auf dem Kissen, auf dem Rücken, und es zeigt: »die Malediven«.

Sonne.
Weite.
Blauer Himmel.
Blaues Meer.
Die endlose Freiheit, die du dir insgeheim weiterhin wünschen könntest, trotz deines vordergründig so anspruchslo-

sen, derart tristen Lebens, bliebe allenfalls also dein eigentlicher Lebenstraum und findet hier Ausdruck und Niederschlag. Das geheime Ventil, nachdem du in der Öffentlichkeit kein Wort mehr über deine Träume und Wünsche und Ansprüche ans Leben mehr verlierst. In einem einzigen Bild, das dir geblieben ist von deinen Sehnsüchten (die einst einmal höher griffen und die dein Leben einschneidender verändert hätten, als an gewissen Orten einmal den Urlaub verbracht zu haben).

Es gab einige Bekanntschaften in deinem damaligen Leben.

Beziehungen für einige Tage.

Wochen.

Monate.

Deine meist schnell Verflossenen, die Aufzählung ist wohl deiner beruflichen Tätigkeit als Statistiker zwingend geschuldet, hießen Andrea. Bettina. Claudia. Dora. Elisabeth. Fiona. Geraldine.

Geraldine: Das war im Urlaub.

Urlaub hast du bis vor wenigen Jahren regelmäßig gemacht. Mindestens einmal im Jahr.

Mehrheitlich allein.

Du bist in deinen besseren Tagen, noch ein wenig mehr Statistik, nach Kuba, in die Dominikanische Republik, nach Haiti geflogen. In die Rocky Mountains. Nach Afrika. In den Fernen Osten. Nach Südamerika. Spanien. Frankreich. Portugal. Auf die Seychellen. Nach Schweden und Finnland, Bulgarien und an die Ostsee. Nach Ägypten und Kreta. Rhodos. Lanzarote. Mallorca. London. Paris. New York. San Francisco. Moskau. Prag. Berlin. Rom. Madrid. Singapur. Mumbai. Peking. Tokio. Nur wer die Welt kennt, wurdest du nicht müde, festzuhalten, nachgerade zu predigen, der kann, der darf mitreden in globalen sowie in Fragen, die die entsprechenden Orte und Regionen betreffen.

Danach und zwischendurch: Hanna. Iris. Jolanda. Nicht zu vergessen: Katharina.

Einzig mit Lydia warst du länger zusammen. Eine lange Zeit in unserer schnelllebigen Welt, in der sich alles von heute auf morgen abnutzt, heute nichts mehr zählt, was gestern noch scheinbar unzerstörbar schien. Selbst Gefühle haben in der modernen Welt ihr Verfalldatum.

Nebenan, im Wohnzimmer, steht ein Sofa. Ein nicht dazu passender Einzelsessel. Ein Regal, das beinahe eine ganze Wand einnimmt. Enthaltend einen Fernseher. Eine Stereoanlage. Einige CDs, eine spärliche Zahl DVDs (sämtliche mehrfach abgespielt, in früheren Tagen, weshalb du ausgerechnet sie behalten wolltest, ist nicht einmal dir geläufig), wenige Bücher. Viel freie Fläche. Ergänzt wird die Einrichtung des Zimmers durch einen Beistelltisch. Eine Stehlampe.

In der Küche gibt es einen etwas wackeligen Tisch, damals, als du deine erste Wohnung bezogst und noch voller Hoffnung und Erwartung (und mit einer gewissen Ehrfurcht) auf das Leben blicktest, ein Sonderangebot, an dem du gleich dein Abendessen einnehmen wirst. Ein Fertiggericht. In der Mikrowelle erwärmt. Gestern, vielleicht morgen wieder, wird es Pizza aus dem Karton sein, die du unterwegs gekauft haben wirst. Oder ein Burger (dazu Pommes aus der Tüte). Du wirst aus dem Bus steigen, nachdem du dir während der Fahrt überlegt hast, was dich gelüsten könnte oder dir am wenigsten zu essen widerstrebt. Gestern und vielleicht morgen also: Einige

Minuten wirst du geduldig in einem der drei Schnellimbisse warten, die sich zwischen der Haltestelle und der Siedlung befinden, bis du an der Reihe bist, deine einfachen Wünsche zu äußern. Du wirst, nachdem du bezahlt hast, eine Schachtel entgegennehmen. Die Tüte mit den Pommes. Zum Beispiel. Und eine Cola. Oder du wirst allenfalls Lust verspüren, dir vom Asiaten unmittelbar anschließend an »Ali's« in einer ähnlichen Warmhaltebox ein Curry geben zu lassen. Scharf oder mild? Egal. Hauptsache: Es geht schnell. Dazu eine Cola.

Heute allerdings hatte dich weder diese, noch jene Variante gereizt. Vielmehr hattest du überhaupt keine Lust verspürt, einen Take-away zu betreten. Bloß keinem Menschen mehr begegnen, nur keine Gespräche, selbst keinen dieser minimalen Wortwechsel, die sich, zumal man sich mittlerweile ja kennt, beim Bestellen und dem Entgegennehmen des Gewählten üblicherweise ergeben oder denen man nicht ausweichen kann. Nicht nach diesem Tag! So lautet die Ausrede, die du zwei, mitunter drei- oder viermal pro Woche für deine Unlust missbrauchst, auch nur in geringstem Ausmaß am Leben teilzunehmen. Gerade noch rechtzeitig, als du schon zu befürchten begannst, es führe kein Weg an einem hastigen Einkauf vorbei (essen muss der Mensch schließlich, ob er Lust auf Gespräche verspürt oder nicht), hast du dich an dieses fade Nudelgericht erinnert, das seit drei Tagen im Kühlschrank darauf wartete, in der Mikrowelle erhitzt zu werden. Große Erleichterung sogleich!

Nach dem Essen, eher ein hastiges, sicherlich jedoch ein beiläufiges Herunterschlingen, Pflicht, keineswegs Vergnügen oder Genuss, dazu hast du die letzte Cola getrunken, die sich im Kühlschrank finden ließ, wechselst du hinüber ins Wohnzimmer. Du nimmst Platz auf dem Sofa, ein, beobachtete man dich dabei, beinahe staatsmännischer Akt, der sich Tag für Tag nach demselben strengen Protokoll wiederholt, nachdem du den Fernseher eingeschaltet hast. Nicht, um dir bewusst etwas anzusehen, sondern bloß, damit die Stille, die dich innerhalb deiner vier Wände umgibt, durchbrochen wird, und, ein durchaus angenehmer Nebeneffekt, allfällige Geräusche aus der Wohnung über dir höchstens gedämpft an deine empfindlichen Ohren drängen, falls die beiden vermutlich jungen Menschen, du hast sie bislang so wenig bewusst gesehen wie einen der übrigen Mieter in dieser Siedlung, überhaupt zu Hause wären: Das Pärchen, das frisch eingezogen ist, treibt es stets sehr laut miteinander; es ist dir peinlich, unfreiwillig dabei zuhören zu müssen.

Da sitzt du nun reglos und ohne an etwas Bestimmtes zu denken. Ohne dich zu rühren. Scheinst einzig darauf zu warten, dass draußen die Nacht anbricht. Vielleicht wirst du das Licht anmachen. Oder aber, dies ist weitaus häufiger der Fall, in der Dunkelheit sitzenbleiben, bis du einschläfst in deinem Sessel oder dich gerade noch rechtzeitig dazu entschließt, zu Bett zu gehen.

Zufrieden soweit mit der Beschreibung deines gegenwärtigen Lebens? Selbst jetzt noch, wo sie Schwarz auf Weiß vor dir liegt? Dich müsste angesichts dieser Schilderung doch sogleich eine beträchtliche Unruhe befallen: Was, würde sich jemand, der sie zu Gesicht bekäme, sofort fragen? Wahrscheinlich, ob er oder sie dich bedauern soll oder darf oder muss. Ein weiteres dieser armen Schweine, könnte eine dir völlig unbekannte Person (also die erdrückende Mehrzahl aller Menschen auf diesem Planeten ohnehin, aber selbst in dieser Stadt, in diesem Quartier, in diesem Gebäude) folgern, das, ausgespuckt von der Gemeinschaft, zwangsläufig in die Anonymität eines Wohnsilos abgetaucht ist.

Was resultierte unter Umständen daraus? Vielleicht ein Anruf bei einer dieser sozialen Stellen oder Institutionen oder einem der für solche Fälle wahrscheinlich zuständigen Ämter mit der Bitte, sich deiner anzunehmen (ich bin in großer Sorge, bitte unternehmen Sie etwas!, ich befürchte, er könnte sich etwas antun)?

Ein spontaner Besuch (eher noch unwahrscheinlicher, dir die Vorstellung, nur sie!, jedoch lieber, wegen der Geschichte, die sich dazu denken lässt)? Plötzlich ein Klingeln an der Wohnungstür. Wie müsste dieses Geräusch dich erschrecken (dass du deshalb einem sofortigen Herzinfarkt erliegen könntest, ist nicht in Betracht zu ziehen; du giltst als kerngesund, bescheinigt von deinem Hausarzt, drei Monate ist es erst her). Geklingelt hat kein Mensch, seit zu hier wohnst, wenigstens nicht zu Zeiten, in denen du anwesend bist. Beinahe vergessen hast du inzwischen, wie sich eine Türklingel überhaupt anhört! Eine Frau mittleren Alters steht davor, als du verwundert die Tür öffnest, in ihren Augen dieser ganz spezielle Blick einer Besorgten, die sich freut, gleich helfen zu dürfen: endlich wieder eine Lebens-, eine Aufgabe, für die es sich lohnt, hienieden weiter zu existieren (du könntest sie, wird dir dazu später einfallen, manchmal bist du Zyniker, niemand weiß davon, wohl selbst dann in dein Bett bekommen, wenn sie im Prinzip nicht dafür zu haben wäre, weil sie denken könnte, dies wirke sich positiv auf deine, die seelische, Wiedergenesung aus). Sie trägt ein modisches Kostüm, hält in der einen Hand eine prall gefüllte Einkaufstasche: »Ich habe gedacht, ich sehe mal nach Ihnen.« Du sprachlos. Unfähig, dich zu rühren. Sie, aufmunternd lächelnd: »Ich habe auch etwas mitgebracht.« Zum Beweis hebt sie den Beutel im XXL-Format leicht an (mehr als einige Zentimeter schafft sie nicht, dermaßen schwer ist er). Und bevor du irgendetwas antworten kannst, und vielleicht nicht mehr als ein Krächzen zustande brächtest, steht sie, mit einem sich selbst beantwortenden »Darf ich?!« hat sie dich sanft beiseite und sich an dir vorbeigeschoben, bereits in deiner bescheidenen Küche und hat damit begonnen, die Lebensmittel auf dem wackeligen Küchentisch auszubreiten: Frisches Gemüse, knackigen Salat, Frucht- und Vitaminsäfte, Bio-Käse, Bio-Eier, etwas, auffallend wenig, »man isst ohnehin zu viel davon«, würde sie vielleicht erklären, Fleisch vom Bio-Bauern. Sowie eine Flasche Sekt. »Damit«, erläutert sie diesen etwas aus dem Rahmen fallenden Teil ihres fürsorglichen Einkaufs, du wirst sogleich befürchten und deswegen um ein Haar in Ohnmacht fallen, sie könnte sich auf immer und ewig bei dir einnisten, »wir auf den glücklichen Umstand anstoßen können, dass wir uns kennengelernt haben.« Um nach einem kritischen Rundblick zu ergänzen: »Und gerade noch rechtzeitig, wie mir scheint.«

Angstschweiß auf deiner Stirn!

Bei diesem Tagtraum dürfte sich in dir erstmals die Frage formuliert haben, ob denn keine Alternative bestehe zu diesem Leben in Appartement Elf D von Haus II in der Siedlung »Am Bach«. Natürlich, und du kennst nicht nur die einfache Antwort, sondern dir ist auch bewusst, dass es sich dabei um eine Bedingung handelt: Du müsstest ein Minimum an Bereitschaft aufbringen, dich verändern, herauskommen zu wollen aus deinem einsamen Leben ohne Hobbys, ohne den winzigsten menschlichen Kontakt außerhalb deiner Arbeit. Doch noch kennst du ein viel einfacheres, trotzdem sehr wirksames Rezept gegen besorgte Damen, die sich aus ihrem innersten Bedürfnis heraus, unbedingt und bedingungslos helfen zu wollen, an deine Haustür verirren könnten: Du schnipst ganz einfach mit den Fingern. Und schon zerplatzt die Tagtraumblase, bevor sie Unheil anrichten konnte und sich deine Vision einer dich überaus schrecklichen anmutenden Zukunft allenfalls bis in deine Albträume hinein hätte bewegen und dort weiter entwickeln und wuchern können. Denn deine herausragende Gabe ist deine Phantasie.

Seit jeher.

Claudia

Ich war wohl lediglich eine willkommene Ablenkung für ihn: Felix wollte bloß über die Trennung von Bettina hinwegkommen damals. Als ich dies realisierte, habe ich mich sofort von ihm getrennt. Unser Verhältnis, will man es denn so bezeichnen, dauerte zwei, vielleicht drei Wochen. Ja, wir haben etwas an uns rumgemacht. Offenbar hatte ich im Gegensatz zu seiner vorherigen Freundin mehr Erfahrung mit Jungs und zudem ein ungestörteres Verhältnis zu meinem Körper. Ich will mich über Bettina nicht abschätzig äußern, schließlich lernte ich sie nie persönlich kennen. Aber man macht sich halt so seine Gedanken. Ich jedenfalls liebte es schon damals, angefasst zu werden. Überall. Ohne jegliche Hemmung. Und ich schämte mich nicht, mich einem Freund nackt zu zeigen. Sofern er sich spätestens, wenn ich mich meiner eigenen Kleider entledigt hatte, ebenfalls auszog oder ausziehen ließ. Ich stehe noch immer auf gutgebaute, nackte Männer. Gutgebaut: Das sagt doch alles, oder? Aber mit Felix ist es zu mehr nicht gekommen damals als zu diesem spätpubertären Fummeln. Das nannte man damals Petting. Weiß heute noch jemand, was das ist? Er scheute irgendwie vor dem nächsten Schritt zurück. »Lass uns noch etwas warten«, sagte er plötzlich, als wir so erregt waren, dass die logische Fortsetzung eigentlich gewesen wäre, richtig »Liebe zu machen«, wie man das zu unserer Zeit nannte.

Zwei

I

Sie zogen zu sechst los. Neben Felix und John, der John hieß, soweit er zurückdenken konnte, irgendjemand hatte ihn während seiner Schulzeit so zu nennen begonnen, John selbst war überzeugt, dies habe bereits in der Primarschule begonnen, waren Norbert, Robert, Viktor und Zeno mit von der Partie. Ziel war der Irish Pub, der wenige Minuten von ihren Büros entfernt lag. Noch sei offen, ob es nur das erste wäre oder das einzige Lokal bliebe an diesem Abend, »das wir mit unserer eminent bedeutungsvollen Anwesenheit beehren«, scherzte Norbert. Er war nicht einmal in der Freizeit besonders witzig, der überaus spröde Norbert, fand Felix, verzog aber pflichtschuldig seine Mundwinkel zu jenem wohlwollenden Grinsen, das wohl von ihm erwartet wurde. Was weiter geschehe, stelle sich jeweils erst im Verlauf ihres Umtrunks heraus, »wir gehen das«, erläuterte John, »stets sehr spontan und zwanglos an.«

John war Felix sofort sympathisch gewesen, als sie ihr erstes gemeinsames Büro bezogen hatten, und der positive Eindruck hatte sich noch verstärkt, als John ihm die harmlose Bewandtnis mit seinem heutigen Rufnamen erläuterte, denn Eitelkeit und Affektiertheit ertrug Felix schon damals nur schlecht. Bin ich froh, dass sich niemand meines Spitznamens in der Schule erinnert, war Felix zudem erleichtert gewesen: Man hatte ihn, aus ihm bereits damals unbekannten Gründen, Kröte gerufen. Das »Quak, Quak«, das man ihm ständig hinterherrief, hatte ihn bis in seine Träume hinein verfolgt. Die Sympathie, fanden John und Felix schnell heraus, war eine gegenseitige, was wohl nicht zuletzt daran lag, dass sie zwei grundverschiedene Charaktere waren, die sich bei gemeinsamen Projekten gerade deshalb besonders gut zu ergänzen schienen. Und nun waren sie nach einem Unterbruch von einigen Jahren tatsächlich in ihrer Freizeit wieder einmal gemeinsam unterwegs.

Felix war neugierig darauf, welche Überraschungen ihm dieser Abend bescheren und ob er sich überhaupt wohlfühlen würde in diesem Kreis der bekannt Unbekannten, beziehungsweise umgekehrt (denn unbekannt bleiben Bekannte, solange man sich nur geschäftlich kennt). In den täglichen Kaffeepausen, an denen er bloß noch unregelmäßig und stets mehr oder weniger, mehrheitlich aber vollkommen schweigend teilnahm, hatte er sich zwangsläufig diverse Anekdoten und Geschichten angehört, die sich um diese mittlerweile ziemlich legendären, von John, Robert und Viktor begründeten Freitagtreffen rankten. Und trotzdem hatte er nie auch nur den leisesten Wunsch verspürt, sich seinen Bürokollegen anzuschließen. Weder spontan, noch, indem er sich ihnen, was sie anfänglich versucht hatten, auf ihr (ein inständiges oder bloß ein beiläufiges?, Felix war sich nicht sicher) Bitten hin angeschlossen hätte.

»Die erste Runde geht auf dich«, legte Robert unter dem Applaus der Gruppe sogleich fest, kaum hatten die sechs Kollegen das Bürogebäude verlassen, und er klopfte ihm dabei freundschaftlich, kumpelhaft, auf die Schulter (was er sich bislang nie getraut oder herausgenommen hatte).

»Dein Einstand gewissermaßen«, lachte John: Kein Vorwurf, lediglich eine Feststellung, konstatierte Felix.

»Ungeschoren kommt dein Geldbeutel jedenfalls nicht davon«, bestätigte Viktor mit wohlwollendem Kopfnicken.

Felix lachte mit, ihm war das egal. Dass man ihn, den großen Abwesenden der letzten Jahre, an diesem Abend, und vermutlich nicht zu knapp, zur Kasse bitten würde, war ihm bereits klar gewesen, bevor er seine Teilnahme zugesagt hatte. Und sein Blick in den Geldbeutel, diskret vollzogen in einer der Toilettenkabinen auf dem Stockwerk, hatte ihm gezeigt, dass er kaum in finanzielle Not geriete deswegen, denn wie peinlich wäre das denn gewesen: erstmals mit ihnen zusammen zu feiern und zum Schluss einen seiner Arbeitskollegen anpumpen zu müssen!

Verhaltender Lärm schwappte ihnen entgegen, kaum bogen sie in die Seitenstraße ein, an deren anderem Ende sich der beliebte Pub befand. Seine Kumpels beschleunigten ihre Schritte (Felix hielt klaglos mit), ohne dass ihnen dies bewusst war; sie konnten es ganz offensichtlich nicht erwarten, sich in das sich akustisch ankündigende Gedränge stürzen zu dürfen. Wie kleine Jungs, amüsierte sich Felix: Da ist bereits mächtig was los!, stand in großen Lettern auf ihre Gesichter geschrieben. Diese leuchtenden Augen!, dachte Felix und denkt er noch, lässt er jetzt den Beginn des Abends erneut Revue passieren, beinahe schwarz, grüngrau, hellbau wie der Himmel im ersten Morgenlicht, verwaschenbraun und blaugrün: Er würde, wusste Felix sogleich, künftig bloß in sich hineinblicken müssen, um die Augen seiner Arbeitskollegen und die sich in diesem Moment darin spiegelnde, beinahe kindliche Vorfreude auf dieses Feierabendbier wieder so lebendig vor sich zu sehen, als wären sie eben daran, das Lokal zu betreten, beziehungsweise: sich durch die Menschenmenge zum Tresen durchzudrängeln.

Vor dem Lokal stand eine Gruppe Rauchender. Würde ich rauchen, fiele es mir eventuell leichter, Menschen kennenzulernen, schoss es Felix durch den Kopf. Er wunderte sich ob dieser Idee. Weder hatte er je mit dem Gedanken gespielt, mit dem Rauchen anzufangen, die Lust darauf, sich eine Zigarette anzuzünden oder eine Pfeife zwischen die Lippen zu schieben oder genüsslich an einer Zigarre zu ziehen, war ihm ebenso fremd und schien ihm ebenso überflüssig wie jene, sich hinter das Steuer eines Autos zu klemmen, noch den Wunsch oder den Drang verspürt, jemanden kennenzulernen, sich mit jemandem zu unterhalten, jemanden in seine Nähe kommen zu lassen.

Am Tresen standen sich die Durstigen bereits förmlich auf den Füßen. Die meisten arbeiteten tagsüber wohl in einer der nahe gelegenen Firmen, vermutete Felix. Er entdeckte einige bekannte Gesichter aus dem eigenen Unternehmen. Niemand allerdings nahm Notiz von ihm. Gut möglich, dass einige mich für einen neuen Mitarbeiter halten! Dieser Gedanke amüsierte Felix: Kein Wunder, nachdem ich mich derart lange und konsequent so unsichtbar wie nur möglich gemacht habe.

In Tat und Wahrheit war Felix der Dienstälteste der Gruppe; bereits seine Ausbildung hatte er in der Firma absolviert. Kürzlich hatte man seine fünfunddreißigjährige Firmenzugehörigkeit mit einem kleinen Apéro gefeiert. Felix hatte artig daran teilgenommen, das gehörte sich so. Es war aber nicht zu übersehen gewesen, und Felix hatte auch nichts unternommen, dies zu verbergen, wie peinlich es ihm war, derart in den Mittelpunkt gestellt und obendrein von seinem direkten Vorgesetzten in höchsten Tönen gelobt zu werden. Ebenfalls ein Urgestein in der Firma und seit bald zwanzig Jahren Felix' Büropartner, war John. Robert und Viktor waren vor rund zwölf, Norbert vor zehn Jahren zum Team gestoßen. Zeno schließlich war nicht nur nach Dienstjahren, er gehörte der Abteilung gerade einmal drei Jahre an, sondern auch nach Lebensjahren der Jüngste: Eben war er dreißig geworden.

Gedränge und Lärm und belangloses Geplapper: Dies waren für ihn die schlimmsten Strafen gewesen, weitaus schlimmer als die Todes-, nämlich die Höchststrafe!, die Felix sich hatte vorstellen können, seit »das mit Lydia« sich ereignet hatte. Ergo mied er in der Folge sämtliche Gelegenheiten wie der Teufel das Weihwasser, von denen er befürchten musste, einer dieser Plagen oder einer Kombination davon ausgesetzt zu sein. Heute jedoch war offensichtlich alles anders. Felix kam nicht dahinter, dies zu ergründen würde Zeit, viel Zeit kosten, aber es konnte warten, was das Gefühl ausgelöst, den Wunsch in ihm wachgerufen haben könnte, ja, das Bedürfnis gar, sich an diesem Abend ausgerechnet in eine derart dicht stehende Menschenmenge vorzuwagen, und er ertappte sich sogar dabei, dass er mit dem linken Fuß leicht im Takt der Musik wippte, die in beträchtlicher Lautstärke aus großen Lautsprecherboxen über den Köpfen der sich unterhaltenden, lachenden und scherzenden, fast ausschließlich aus Männern gebildeten Masse drang, was bedingte, dass man die Köpfe zusammensteckte, wollte man sich einander einigermaßen verständlich machen. Auch dieser ihm zumindest unangenehmen Aussicht, der körperlichen Nähe, die allein ein Gespräch ermöglichte, hatte Felix sich bis anhin präventiv zu entziehen versucht. Vertrautheit, wie sie sich daraus zwangsläufig ergab, war ihm zutiefst zuwider geworden, bereits in der Zeit bevor er und Lydia sich schließlich getrennt hatten. Nun aber genoss er selbst dies: diese Vertraulichkeit, diese Intimität unter langjährigen Bekannten, in dieser Oase, eine Insel gleichsam an Heimat inmitten des brandenden Stimmenmeers, fühlte er sich wohl. Und sie war der sichtbare Beweis, dass sie ein Team bildeten, das wie Pech und Schwefel zusammenhielt, und in dem ein jeder von ihnen die Steilpässe der Kollegen elegant abnahm und die Bälle ebenso perfekt zurückzuspielen in der Lage war. Ein durchaus realistisches Bild, fand Felix.

Träume ich?, fragte er sich, oder hat, während ich schlief, jemand etwas verändert in mir, einen geheimen Schalter betätigt, einen verborgenen Hebel umgelegt, oder bin ich gar nicht mehr ich, hat man einen anderen Menschen an meine Stelle gesetzt, der sich eines Teils meiner Biografie bemächtigt hat und sich nun dreist als mich, als Felix Amboden, ausgibt, ohne dass dies John, Robert, Norbert, Viktor und Zeno auffällt (und ohne dass ich, was mich noch mehr erstaunt, nur entfernt daran denke, mich dagegen zur Wehr zu setzen)?

Aus dem einen wurde das zweite und daraus ein drittes Bier, und ein Ende war nicht in Sicht. Zuerst sprachen sie, das war ja wohl klar, über das Geschäft, Ereignisse der Woche wurden kurz angetippt, Vorgesetzte, wie stets, durchgehechelt. Felix hörte bloß zu. Danach rückten bald der bevorstehende Urlaub und Johns neueste Eroberung ins Zentrum. Felix schmunzelte: John war unverbesserlich. Einigermaßen frisch geschieden, lebte er seine Vorliebe für junge, attraktive Frauen und deren Eroberung seither ziemlich zügellos aus, soweit Felix dies beurteilen konnte, nicht länger behelligt von Gewissensbisse, die ihn früher trotz aller gegenteiliger Beteuerungen eventuell dann und wann dennoch beschlichen haben könnte (Felix' Meinung in dieser Sache war sehr vage, wusste er doch nicht, ob John etwas wie Gewissensbisse überhaupt kannte). Und insbesondere ohne das lästige, das ständige Versteckspiel, wozu sich der chronische Fremdgänger zwangsläufig genötigt gesehen hatte, solange er verheiratet gewesen war. Und das war auch immer gut gegangen. Bis auf das eine, das alles entscheidende Mal, als er die Abwesenheit seiner Frau falsch in seiner Agenda eingetragen hatte (aber, seien wir offen und ehrlich, hatte ihn Felix angefahren, wer ist denn so blöd, die Freundin ins eigene, ins eheliche Schlafzimmer zu schleppen?), und da war sie natürlich schnell zu Ende gewesen, seine Ehe. Es folgte ein erster, ein kleine Exkurs über die zwischendurch mäßigen Resultate des hiesigen Fußballklubs, Roberts Spezialgebiet: »Und dabei hat die Saison derart hoffnungsvoll begonnen, vier Siege hintereinander zum Auftakt«, es wurde über Autos gesprochen und weitere Spielzeuge, die Männer zu begeistern wissen, und einige Gedanken galten dann und wann sogar den Partnerinnen.

Felix vermochte wenig bis gar nichts zu den Gesprächen beizusteuern. Er hatte noch keinerlei Pläne, wo und wie er seine Ferien zu verbringen gedachte, sollte er sich entschließen können, demnächst einige Tage frei zu nehmen, und es gab nichts aus seinem Privatleben, das ihm erzählenswert schien: Alles, was ihm früher wichtig gewesen war, was ihn interessiert, ihm gefallen, ihn heiter oder nachdenklich, beschwingt oder betrübt gestimmt, was ihm Anlass gegeben hatte, den Feierabend, das Wochenende freudig zu begrüßen und sich traurig daraus zu verabschieden, hatte er aufgegeben, beiseitegeschoben, als unwichtig deklariert und radikal aus seinem Leben verbannt. Aber Felix waren die Themen, über die man sich gerade ausließ, natürlich gleichwohl nicht unbekannt, sie waren ihm geläufig aus seinem früheren Leben (er unterteilte es, etwas unscharf, was bei Felix angesichts seines Drangs nach Perfektion überraschen muss, in die Phase bis und mit Lydia und in jene danach), also fiel es ihm nicht sonderlich schwer, sich wenigstens zwischendurch bemerkbar zu machen, indem er sich ein wenig durch das gerade in Diskussion stehende Thema schummelte. Er geriet dabei jedoch ganz schön ins Schwitzen: Felix fühlte sich seit jeher sogleich unwohl, sah er sich genötigt zu lügen oder die Wahrheit zumindest etwas zu verbiegen oder zu verschleiern. Da werde ich einiges nachholen müssen, dachte er, und beschloss, zu seiner Verwunderung, ohne darüber erst einlässlich nachdenken zu wollen, gleich nächste Woche oder bereits am Wochenende damit zu beginnen: Kino, Theater, Konzerte, Museen, Abendbier in der Altstadt, auswärts essen, Single-Partys (nein, lieber nicht!), aber gesellige, öffentliche Anlässe, Zeitungen wieder abonnieren, sich für das Wirtschafts- und Börsengeschehen interessieren, das volle Programm halt.

Alles würde sich grundlegend ändern, war Felix überzeugt: Er würde ins Leben zurückkehren.

Dora

Felix wer? Huch, den habe ich doch glatt vergessen! Dabei hat er mir damals über eine etwas schwierige Zeit hinweggeholfen. Ich hatte gerade eine Beziehung beendet. Der Kerl war gewalttätig geworden, das konnte ich nicht akzeptieren! Trotzdem liebte ich ihn noch. Irgendwie. Da traf ich Felix. In einer Kneipe. Er schien noch schlechter dran zu sein als ich. Ich glaube, er war etwa zwanzig damals, ich ein Jahr oder zwei Jahre älter. Ja, das kommt hin: eine Woche nach meinem zweiundzwanzigsten Geburtstag hatte ich mit meinem damaligen Freund Schluss gemacht. Manchmal hilft es ja, jemanden anzutreffen, dem es noch schlechter geht. Wir haben das Wochenende miteinander verbracht. Auch danach noch zwei-, dreimal miteinander geschlafen. Bald jedoch begann er von einer gemeinsamen Zukunft zu reden und Pläne zu schmieden. Ich musste ihn auf den Boden der Realität zurückholen: Ich wollte vorerst keine feste Beziehung mehr eingehen. Außerdem stand ich vor einem Ausbildungsjahr in den USA. Das würde ich nicht wegen ihm sausen lassen, habe ich ihm unmissverständlich klar gemacht. Er hat mich auf den Knien angefleht, mit ihm zusammenzubleiben, unsere Liebe werde überdauern, ja, in diesem Jahr der Trennung weiter wachsen. Ich sei ihm wichtig, schließlich sei ich die erste Frau, mit der er geschlafen habe. Als ob dies ein Grund wäre, bis ans Lebensende vereint zu bleiben! Wir haben uns nie wieder gesehen.

II

»Hast du wieder geträumt?«, schüttelte sie ihn, »wieder einen deiner Albträume gehabt?«

Felix hielt die Augen geschlossen und schwieg.

»Rede mit mir!«, forderte sie, der Verzweiflung nahe: so ging dies seit Monaten: sie fragte, er schwieg, was ihre Stimme mittlerweile stets reichlich hysterisch klingen ließ, versuchte sie, ergebnislos, mit ihm ein einigermaßen vernünftiges Gespräch zu führen, »und sieh mir in die Augen dabei!«

Doch Felix dachte nicht daran, seine Augen zu öffnen. Noch nicht. Er wusste, wohin dies unweigerlich führen würde: Sie kniete über ihm, die Oberschenkel weit über seinen Leib gespreizt. Mit Sicherheit trüge sie eines ihrer kurzen, beinahe unsichtbaren Hemdchen, sowie, falls überhaupt, einen Slip (mehr trug sie im Bett nie, eher weniger), und er stöhnte innerlich: In ihm würde bei diesem Anblick sogleich die Lust zum Leben erweckt, was hieß, dass sie nach einem kurzen Gerangel übereinander herfallen würden. So war es immer! Sie ärgerte sich zwar in letzter Zeit einerseits fast ununterbrochen über sein Schweigen: sie wollte endlich wissen, weshalb er nicht mehr mit ihr sprach, doch ließ sie sich andererseits gerne und stets ziemlich schnell davon überzeugen, dass sie später miteinander reden könnten, was sie, verschwitzt, zufrieden, erschöpft, dann doch nicht täten. Und wieder wäre eine Gelegenheit vertan, endlich zu erfahren, was ihn im Schlaf heulen und schluchzen und zwischendurch laut aufschreien ließ. Ihre rasche Bereitschaft, mit ihm zu schlafen, hatte er bislang weidlich ausgenützt. Sex stand bei ihr eindeutig über der Neugierde, dem Bedürfnis, endlich zu erfahren, was mit ihm seit Monaten los war. Dies jedoch, hatte Felix beschlossen, müsse nun endlich aufhören. Nicht der Sex. Aber das Schweigen. Denn er liebte es zwar, mit ihr zu schlafen, er liebte ihre Hemmungslosigkeit, die in ihm, dem zuvor eher Verklemmten, im Verlaufe der Zeit zahlreiche Barrieren niedergerissen hatte, ihre ständige Bereitschaft bei Tag und bei Nacht, immer!, ihren wunderbaren Körper, dessen Geschmeidigkeit, ihre sanfte, nicht allzu weiche Haut, ihre straffen Brüste, ihren runden Po, unter den er so gerne seine Hände schob, ihre Finger, die sich in ihn krallten...

Ich muss aufhören, daran zu denken, sofort!, ermahnte er sich, sonst kann ich mich trotz geschlossener Augen nicht länger beherrschen.

»Es ist etwas Schreckliches geschehen mit mir«, presste er, so rasch es ging, hervor, damit er es sich nicht doch noch anders überlegen konnte. Und dann erst öffnete er die Augen. Sah, was er erwartet hatte, und erblickte es dennoch nicht. Sein Blick ging durch sie hindurch, war auf einen Punkt in ihrem Rücken gerichtet.

Sie wusste, der Zeitpunkt war gekommen. Gleich würde etwas Grässliches geschehen, etwas, woran sie überhaupt keine Freude hätte, etwas, das ihr Leben verändern würde. Sie ängstigte sich davor, was er ihr sogleich beichten würde, und kam zum Schluss, ihre derzeitige Stellung sei der ernsten Lage nicht angepasst. Mit einem Seufzer stieg sie von ihm, schmiegte sich eng an seine Seite, ihr Leib glühte!, strich ihm mit der einen Hand sanft über seine Wange...

Ihr standet nebeneinander auf dem Gehsteig, Trottoir genannt hierzulande. Du blicktest nicht nach links, wo sie ziemlich nahe zu dir stand, und nicht nach rechts. Weil du kein Jäger warst, weder in jenen Tagen, noch eigentlich je zuvor (und danach schon gar nicht), hättest du sie vermutlich nicht wahrgenommen, wäre in diesem Moment nicht ein Malheur passiert: Der rechte ihrer hohen Absätze brach ohne ersichtlichen Grund, und sie knickte, Halt suchend, in deine Richtung ein. In einem Reflex wohl drehtest du deinen Oberkörper halbwegs zu ihr hin, hast die Arme ausgebreitet, sie umfangen und sie so vor einem Sturz bewahrt, bei dem sie auf die Straße fallen und von einem der vorbeirauschenden Autos hätte erfasst und dabei verletzt oder gar getötet werden können.

Als ihr euch von eurem Schock einigermaßen erholt hattet, du hieltest sie, die Umstehenden tuschelten bereits, noch immer fest in deinen Armen, als wäret ihr ein Liebespaar, stellte sie kühl, nüchtern, sachlich, beinahe beiläufig fest, war gleichzeitig jedoch hörbar und glücklicherweise für dich überaus dankbar, dass nichts weitaus Schlimmeres geschehen war: »Sie könnten mich nun wieder loslassen«, und hob mit spitzen Fingern deine Hände von ihren Brüsten, die du fest umklammert hieltest.

War dir das peinlich!

»Verzeihung«, hast du, beschämt, gemurmelt und zu stottern begonnen: »Ich war mir nicht bewusst... oh... wie unanständig... wie unpassend... in aller Öffentlichkeit... wie müssen Sie sich da bloß fühlen?... also... ich...«.

Sie aber lachte wieder: »Na ja, immerhin haben Sie mir das Leben gerettet. Da verzeiht man so manches.« Und lud dich auf einen Kaffee ein, »zum Dank, für das Leben, das Sie mir geschenkt haben, nicht für den Griff.« Sie zwinkerte dir zu, zog die Schuhe aus und stopfte sie in ihre Tasche: »Ich muss wohl barfuß gehen, sonst müsste ich humpeln wie ein altes Weib.«

Erst jetzt hast du sie dir genauer betrachtet. Sie mochte ungefähr in deinem Alter, vielleicht etwas jünger sein, somit um die vierzig herum (du warst nie gut darin, das Alter von Menschen zu schätzen, also hast du gelernt, die Klappe zu halten und genau hinzuhören: über früher oder später verriet man sein ungefähres Alter im Gespräch immer, war deine Erfahrung, sofern man dies nicht bewusst zu verschleiern gedachte). Sie trug ihr schulterlanges, dunkelbraunes Haar offen (was, dachtest du, eher dafür sprach, dass sie jünger war, als du auf den ersten Blick angenommen hattest). Ihre grünlichen Augen blickten zwar etwas keck in die Welt (für deinen Geschmack), jedoch war ihr Blick, was dir ungleich wichtiger war, offen und ehrlich. Anmutig geschwungene Lippen, ein dezentes, geschmackvolles Make-up, registriertest du sodann. Und: Sie war schlank und trug eine leichte, helle Sommerbluse, die Jacke, die sie über ihre modische Handtasche respektablen Ausmaßes gelegt hatte, war bei ihrem Beinahesturz zu Boden gefallen. Du bücktest dich, um die Jacke aufzuheben: Deine Blicke glitten dabei zwei Beinen in einer eng anliegenden Hose entlang. Die Oberschenkel schienen dir zu verraten, dass die von dir Gerettete regelmäßig Sport betrieb. Moment, hast du dir immerhin gesagt (so weit funktionierte dein Hirn noch, obwohl es heißt, es schalte sich beim Mann in derartigen Situationen automatisch aus), als du dich dabei ertapptest, dass deine Blicke selbst ihren Hintern in Augenschein nahmen, der in dir ein prickelndes Wohlgefühl auslöste, ich betrachte die Unbekannte wie John, der jedes attraktive weibliche Wesen auf genau diese Weise von oben bis unten zu mustern, ungeniert, Felix war es oft genug peinlich gewesen, ihn dabei zu beobachten, ja, nachgerade zu taxieren pflegte. Du spürtest, dass eine wärmende Röte deine Wangen überzog, die deine Gedanken verraten würde, warst du überzeugt. Sie aber schien nichts zu bemerken oder sah geflissentlich darüber hinweg.

»Machen wir, dass wir von hier wegkommen«, ergriff sie die Initiative: Die Leute, die den Vorfall beobachtet hatten, standen mit zahlreichen später Dazugekommenen in Grüppchen herum und diskutierten, was alles hätte passieren können oder wem in ihrem Bekanntenkreis etwas in dieser Art bereits einmal (und wo und wie und wann und warum und überhaupt) widerfahren, beziehungsweise zugestoßen war (und tuschelten und kicherten und waren entrüstet oder amüsiert darüber, wie und wo du die Frau bei deren Rettung angefasst hattest, glaubtest du den Blicken zu entnehmen, die man dir zuwarf; diese Beobachtung schien sich wie ein Lauffeuer unter den Anwesenden zu verbreiten).

Kaum hattet ihr im Café zwei Gassen weiter Platz genommen, zog sie den beschädigten Schuh aus der Tasche: »Die kann ich wohl wegwerfen. Wie ich diese Kopfsteinpflaster hasse!« Du erklärtest ihr die Bedeutung und die Schönheit der Pflästerung in den Gassen und auf den Plätzen der Innenstadt und verrietest ihr, du hättest dich aktiv im, notabene erfolgreichen, Komitee engagiert, das sich vor einigen Jahren gegen die Absicht der Stadtregierung zur Wehr gesetzt hatte, sämtliche Pflastersteine herauszureißen und die Straßen und Gassen durchgehend zu asphaltieren: »Das hätte den Charakter der gesamten Altstadt und zwar nachhaltig zerstört.« Sie wurde nicht eigentlich wütend, eher lag Spott in ihren Augen und ihren Worten, als sie entgegnete: »Dann sind Sie es also, der es den Frauen ganz allgemein und speziell den Müttern mit ihren Kinderwagen sowie den Rollstuhlfahrern und den Alten und Gebrechlichen derart schwer macht, sich durch die Altstadt zu bewegen.«

»Man darf nicht alles«, hast du entgegnet, »was alt ist, der Bequemlichkeit opfern. Manches ist nicht nur alt, sondern überaus wertvoll oder schafft und erhält, wie in diesem Fall, in angenehmer Weise die besondere Atmosphäre und betont den beträchtlichen Charme der Altstadt.«

»Dann haben Sie zu Hause wohl ein Plumps-Klo«, gab sie spitz zurück, »ebenfalls alt, durchaus geneigt, dem Bad Charme zu verleihen und die besondere Atmosphäre zu betonen. Nicht zu vergessen die spezielle Duftnote im Raum und darüber hinaus!«

Und so ging es weiter in einem munteren, teils witzigen, teils hitzigen Schlagabtausch.

Sie sprach sich fast durchs Band für das Moderne, das in die Zukunft Gerichtete, das rein Funktionale und Praktische aus, du dich für den Erhalt wichtiger Zeugen aus den unterschiedlichsten Epochen der Geschichte, damit die Nachkommen überhaupt noch nachvollziehen könnten, wie die heutige Zeit entstanden und welch großartige Baukünstler die Vorfahren gewesen seien. Einmal mehr, wie oft hattest du mit diesem Satz schon auf die Wichtigkeit derartiger Zeugnisse früherer Epochen hingewiesen, fügtest du an: »Nur wer die Vergangenheit kennt, kann die Gegenwart verstehen und die Zukunft gestalten.« Was sie, du hattest es nicht anders erwartet, natürlich als Quatsch bezeichnete: »Was nützt mir das Wissen um unsere Vergangenheit, wenn ich mir im Gegenzug in der Gegenwart deswegen durchschnittlich einmal im Monat ein Paar Schuhe daran ruiniere?«

»Dann sollte man Ihrer Ansicht nach wohl gleich die gesamte Altstadt niederreißen und durch moderne, funktionale, aber auch seelenlose Bauten ersetzen?«, hast du gekontert; der Klang deiner Stimme war inzwischen ebenfalls spitzer geworden, und du hofftest, sie käme nicht zur Ansicht, du seist beleidigt oder fühltest dich persönlich angegriffen.

»Nein«, räumte sie ein, »keineswegs. Mein Herzenswunsch seit vielen Jahren besteht nämlich darin, eines Tages in einem dieser prächtigen Altstadthäuser wohnen zu dürfen.«

Du hast sie darauf der Inkonsequenz bezichtigt, doch sie hielt auch auf diesen Vorwurf eine rasche Antwort bereit: »Ich könnte darauf wetten, Sie würden ebenfalls gerne hier wohnen. So, wie sie von der Altstadt und ihren Bauten schwärmen, würden aber sogleich Zeter und Mordio schreien, würde Ihnen im Inneren ihres Hauses ein moderner Fahrstuhl das tägliche Treppensteigen ersparen.« Die Debatte endete, vorläufig, ihr wart inzwischen beim vertraulicheren Du angelangt, als sie plötzlich auf die Uhr schaute, erschrak: »gleich schließen die Geschäfte, ich muss mir dringend noch ein Paar Schuhe für den Heimweg kaufen«, und sich auch schon erhob. Du hast sie begleitet, »nicht, dass dir das gleich noch einmal widerfährt!«, sie, amüsiert und erfreut: »oh, ich habe einen Bodyguard bekommen«. Unter deinen gestrengen Augen entschied sie sich, »artig«, meinte sie später, auf »vernünftig« beharrtest du, im nächstgelegenen Geschäft für ziemlich flache Schuhe. Anschließend seid ihr, ohne dass ihr darüber viele Worte verloren hättet (einer von euch meinte bloß: »Wir sollten die Debatte noch zu Ende führen«), in ihre Wohnung gefahren (diese stille Übereinkunft führtest du später als Beweis für eure Liebe auf den ersten Blick, oder eher: auf den ersten Griff, an). Du kamst erst wieder zu dir, als ihr am nächsten Morgen in ihrem ausladenden Bett nebeneinander aufgewacht seid.

…während die andere plötzlich nach seinem besten Stück griff und es eisern umklammerte: »Eine andere Frau? Du Scheißkerl, du betrügst mich!«

Felix stöhnte auf vor Schmerz: »Aber nicht doch!«

»Dann sag mir endlich, was los ist, oder ich reiße dir dein Ding hier ab, das garantiere ich dir.«

Er zweifelte nicht an ihrer Entschlossenheit. »Du lässt mich los«, schlug er deshalb einen Kompromiss vor, »dafür erzähle ich dir alles.«

»Nur«, verlangte sie zusätzlich einen Bonus, »wenn du danach augenblicklich mit mir schläfst.«

»Und noch etwas«, ergänzte sie und packte wieder fester zu: »Solltest du mir nun trotzdem gleich eine Affäre gestehen wollen, vergiss es! Von mir aus darfst du so viele andere Frauen bumsen, wie du willst. Hauptsache, du besorgst es mir ab sofort ungefähr zweimal am Tag so richtig.«, lockerte aber, endlich!, frohlockte es in Felix, die Hand, zog sie gänzlich zurück und befahl: »Und nun erzähle! Alles!«

Was ihn, wie stets, vor das Problem stellte: Wie beginnen? Wo beginnen?

Dass ausgerechnet jetzt diese Erinnerung wieder in ihm wach wurde, wunderte Felix. Gleichzeitig beglückwünschte er sich, so weise, nämlich vorausschauend gehandelt zu haben, dass er in eine der beiden engen, nicht eben wohlriechenden Kabinen geschlüpft war, das Bier forderte seinen Tribut, nachdem er sich einen Weg durch die dicht gedrängte Menge gebahnt und endlich den Eingang zur Toilette erreicht hatte, denn Felix nahm eine rasch wachsende Erregung wahr, als er an seine Verflossene und daran zurückdachte, was seinem »Geständnis« gefolgt war. Was, dachte Felix, würde ich in diesem Augenblick am Pissoir stehen und ein neben mir Pinkelnder meine Erregung bemerken? Im schlimmsten Fall wäre es jemand aus der Firma, ging Felix durch den Kopf, der seine Beobachtung, im Vertrauen natürlich, sofort weitergeben würde, kaum wäre er zurückgekehrt zu seinen Kollegen am Tresen und hielte wieder ein Glas in der Hand: Ich glaube, ich habe das Geheimnis gelüftet, weshalb Felix nie mit einer Frau zu sehen ist, ich denke, er ist schwul, jedenfalls kriegte er einen Steifen, als er vorhin zwischen mir und einem anderen Mann pinkelte. Vorurteile sterben nie aus.

Elisabeth

Felix? Ach, der! Das war auf einem Betriebsfest. Irgendwie sind wir im selben Bett gelandet. Er war nicht einmal mein Typ. Trotzdem schliefen wir miteinander. Keine Ahnung, wie es dazu kam. Damals nicht und heute schon gar nicht mehr. Ich weiß nur noch: derart viel hatte ich eigentlich gar nicht getrunken! Oder glaubte dies zumindest. Das war es auch schon. Es war mir richtig peinlich, ihm in der folgenden Woche auf einem der Flure in der Firma zu begegnen. Er hat mich in seine Arme geschlossen, mich auf die Wange geküsst, mehr ließ ich nicht zu, und mir, sein Mund an meinem Ohr, leise und zärtlich vorgeschwärmt, wie schön es gewesen sei mit mir, und er gab seiner »Hoffnung Ausdruck«, exakt in dieser geschwollenen Art äußerte er sich, wir könnten uns demnächst wieder »außerhalb der Arbeit treffen«, der Spinner! Hätte er gesagt: Ich bin scharf auf dich, lass uns wieder einmal bumsen, ich hätte es mir zumindest überlegt. So aber lachte ich ihn aus und ging ihm fortan, so gut es eben ging, aus dem Weg. Nein, nachgestellt hat er mir nicht. Er hat wohl eingesehen, dass dies zwecklos gewesen wäre.

III

Da liegst du nun also hingebettet, Felix Amboden, und du fühlst dich wie ein König, wie jemand, der das große Los gezogen hat (weswegen deiner Ansicht nach der Vergleich mit dem König hinkt, ein Herrscher sein zu müssen, habe absolut gar nichts mit dem »großen Los« gemein, bist du überzeugt): Endlich liegst du wieder einmal mit einer Frau im Bett. Dieser Anblick!: die Augen geschlossen, du auf dem Rücken, ein verklärtes Lächeln im Gesicht, es erinnert entfernt an jenes der Mona Lisa, nichts, kein Erdbeben, kein Unwetter, keine Katastrophe dieser Welt könnte derzeit dein Glück trüben. Es sei dir von Herzen gegönnt! Wie oft hast du davon geträumt in der Vergangenheit! Bevor du Lydia kennenlerntest, nach eurer Trennung, die Hälfte deiner Lebensjahre, eher mehr. Wie oft hast du dich genau danach gesehnt, ohne dir dies eingestehen zu wollen. Du hast den Gedanken, den Wunsch, die Sehnsucht, das Begehren verdrängt, das dich innerlich zuweilen beinahe verbrannt hat, und die ganze Zeit keinen einzigen Schritt unternommen, der dich der Erfüllung deines innigsten Wunsches hätte näherbringen können. Im Gegenteil: Du hast jede noch so vorsichtige Avance, doch, doch, die gab es durchaus und du hast sie sehr wohl wahrgenommen, leugnen ist zwecklos!, nicht nur zurückgewiesen oder ignoriert, sondern du hast vielmehr alles daran gesetzt, kaum wurdest du dir nur der winzigsten Sympathie gewahr, die jemand dir entgegenbrachte, dich als Ekel, als verbitterter, zynischer, unangenehmer, unausstehlicher Typ durch und durch zu präsentieren, ihn meisterlich zu geben, dein erster Berufswunsch: Schauspieler zu werden!, mit dem man, als Frau und zudem privat, möglichst gar nichts zu tun haben will. Reichte dies nicht aus, hast du flugs, aus dem Stegreif, darin bist du seit deinen Jugendjahren Weltklasse, Geschichten erfunden, beispielsweise über sehr konkrete, überzeugend klingende Pläne berichtet, die du in sehr absehbarer Zeit, nächsten Monat vielleicht, ganz sicher aber, bevor das Jahr zu Ende ginge, in die Tat umsetzen würdest, und sie ausgemalt bis ins Detail, oder hast durchblicken lassen, in den nächsten Tagen und Wochen dies und jenes unternehmen zu wollen mit einer Partnerin. Zwölf Grundmuster erfundener Partnerinnen hieltest du abrufbereit im Kopf bereit, eine jede ausgestattet mit einer vollständigen Biographie, die sich die Zuhörenden, nachdem du sie beinahe greifbar lebendig hast vor ihnen entstehen lassen, problemlos, von Kopf bis Fuß, in Fleisch und Blut vorstellen konnten, obwohl niemand sie je zu Gesicht bekam. Verständlich, denn sie existierten nicht. In Windeseile ein ganzes Universum entstehen konnte so je nach Intensität der Fragen, die man dir stellte, ja nach Grad der Neugierde deiner Zuhörerin, deiner Zuhörer, und du hast leichthin, süffisant und ohne zu stocken sämtliche angeblich beteiligten Personen, ihre Gestalt, ihr Denken, Fühlen, Handeln, ihre Größe, das Gewicht, Haarfarbe undsoweiter aus dem Hut gezaubert. Bloß deren Namen, wiewohl du sie ebenfalls dazu erfunden hattest, blieben dein Geheimnis. Derart präzise klang alles, jede Einzelheit, auch nach der zehnten Wiederholung, war dir bei Rückfragen selbst nach Tagen oder Wochen noch exakt präsent, sodass man gar nicht anders konnte, als dir zu glauben. Oder du hast, schien dir dies zu anstrengend oder warst du zu faul oder erschien dir das Gegenüber nicht würdig, deiner Fantasiegebilde teilhaftig zu werden, einfach dreist behauptet, du seist mit einer Frau, seit Jahren mit derselben, zusammen und sehr, sehr glücklich mit ihr, nur Kinder hätten sich, leider, leider, leider, keine einstellen wollen, doch umgekehrt, hast du aufkommendes Mitleid sogleich gedämpft, im Keim erstickt, verleihe euch dies die Freiheit, was euch Trost genug sei, jederzeit und sehr spontan tun und lassen zu können, wozu ihr gerade Lust verspürtet. Gestern beispielsweise... Und schon wurde, wer dir zuhörte, erneut in eine deiner Traumwelten entführt und war in der Regel hin und weg. Seit »das mit Lydia« geschehen war, hast du bislang allerdings nur noch geschwiegen und bist jedem drohenden menschlichen Kontakt stumm ausgewichen, soweit er sich vermeiden ließ.

Was wirst du Monique erzählen, sollte sie dich nach deiner Vergangenheit fragen? Wirst du die Wahrheit, »und nichts als die Wahrheit«, überhaupt noch trennen können von alledem, was du im Verlauf der Jahre dazu erfunden, angepasst, von hier und dort entlehnt und eingebaut und was du herausgestrichen hast aus deiner Lebensgeschichte?

Du könntest damit beginnen, deine Biographie ist durchschnittlich, die wahre sowohl, als auch jede mehr oder weniger wahrheitsnahe, dass in einer längst vergessenen Epoche hier, wo du heute wohnst, kleine Arbeiterhäuschen mit kleinen Vorgärten standen, aufgereiht wie Perlen entlang während der meisten Jahre ihres Bestehens nicht gepflasterten, gemessen an heutigen Verhältnissen und Ansprüchen schmaler Quartierstraßen, und dass deine Großeltern hier lebten, denn ihr Häuschen habe sich just an der Stelle befunden, wo jetzt Haus II der Siedlung »Am Bach« steht. Er wäre durchaus reizvoll und könnte Monique beeindrucken, dieser Ausflug in deine Kindheit, denn er ließe viel Raum, über dieses, absolut zufällige!, würdest oder wirst du an dieser Stelle gleich betonen, Aufeinanderprallen von Vergangenheit und Gegenwart zu diskutieren. Dass dir, würdest du wohl fortfahren, erst bewusst geworden sei, wohin du zu ziehen plantest oder wo dich niederzulassen du in Erwägung zogst, als dir die freundliche Stimme der Verwaltung, die sich unter der in der Anzeige angegebenen Telefonnummer meldete, den Weg beschrieb, der zur Wohnung führen würde, die du zu besichtigen gedachtest. Sei dieser Umzug ausgerechnet an diese Adresse nicht wissentlich geschehen, so habe dich das Unterbewusstsein wahrscheinlich oder mit ziemlicher Sicherheit an jenen Ort zurückgeführt, wo du eine glückliche Zeit erlebt hättest, könnte Monique eventuell vermuten wollen. Noch weißt du ja nicht, ob sie solchen Dingen, diesen womöglich übernatürlichen Vorgängen, zugetan ist, aber die Antwort liegt bereit: dass dies Quatsch sei, Vorsehung existiere nicht, in keiner Form, und auch nicht ein festgeschriebenes Schicksal, dem man nicht entrinnen könne, so sehr man sich auch bemühe.

Du würdest Moniques »Aber...«, ihr »Vielleicht...«, ein schon zaghafteres »Meinst du nicht auch...?« konsequent überhören, all dies beiseite wischen oder sie vertrösten: »Nicht jetzt, später vielleicht, höre dir die Geschichte erst bis zum Ende an«: Die häufigen Besuche bei deinen Großeltern, an schulfreien Nachmittagen, an ungezählten Wochenenden, in den Ferien, sie seien dir als durchwegs schöne, als unbeschwerte, als eine heitere, wolkenlos strahlende Zeit in Erinnerung geblieben. Das Haus, der kleine Vorgarten, all die anderen, in der Bauweise, im Grundriss identischen Reihenhäuser entlang der Straße, der Straße dahinter und der Straße hinter der dahinterliegenden Straße: Dies sei, könne mit Fug und Recht behauptet oder festgestellt werden, in der Jugend deine wirkliche Heimat gewesen.

Alles, was du folgen ließest, ergäbe sich wie von selbst:

Hier hattest du deine Freunde. Hier hast du gespielt. Draußen, immer im Freien, wann immer das Wetter dies zuließ. Hier bist du herumgetollt mit deinen Spielkameraden, ohne je zu ermüden, so machte es den Anschein. Hier hast du, als du zwölf warst oder dreizehn, mit deinen Freunden hinter einem Gebüsch deine erste Zigarette geraucht und bist mit mächtig schlechtem Gewissen ins Haus deiner Großeltern zurückgekehrt, denn du musstest befürchten, man rieche den Zigarettenrauch von weitem, er hafte dir an wie einer der in jener Zeit omnipräsenten Kaugummi an den Schuhsohlen, trat man ungewollt hinein. Großvater musste geahnt haben, welche neue Erfahrung du an diesem Nachmittag gemacht hattest (husten hast du müssen – und dann wurde dir schlecht), jedenfalls hat er dir mit verschmitztem Gesicht, etwas schadenfreudig ist dir sein Gesichtsausdruck im Gedächtnis haften geblieben, geschieht dir recht!, dies hast du ihm sogleich verziehen, und gleichzeitig verschwörerisch, ich war einst ebenfalls in deinem Alter!, zugezwinkert, als du in das stets schummrige Wohnzimmer getreten bist, aber den Vorfall weder Großmutter, noch deinen Eltern gegenüber mit nur einem Wort erwähnt. Großmutter war ohnehin vertieft in die Vollendung deines Lieblingskuchens, dass sie, darüber freute sich mit dir dein Großvater und euch beiden stand die Erleichterung ins Gesicht geschrieben, gottlob nichts mitbekam, denn sie nahm nichts anderes wahr als den verführerischen Duft, der dem Backofen entströmte.

Wiederum ungefähr ein Jahr später hast du hinter dem nämlichen Gebüsch zum ersten Mal ein Mädchen geküsst. Dort habt ihr im Verlauf der sich anschließenden Sommerwochen ein wenig aneinander herumgefummelt. Mehr tat man damals nicht, auch wenn die meisten Jungs bei ihren ersten Schritten ins Erwachsenenleben ganz anderes, weitaus mehr in jedem Fall, erlebt haben wollten: Und dann habe ich ihre Bluse geöffnet, das Höschen heruntergezogen… und dann, ja, Freunde, dann ist es geschehen.

Bubenfantasien.

Angebereien.

Wunschträume.

Darin hast du dich in nichts von deinen Kameraden unterschieden, warst eventuell in dieser Angelegenheit gar der Wortführer. Zumal: bei deiner blühenden Phantasie!

Jeder hatte die Lüge, die Übertreibung, die Prahlerei geahnt, gewusst, dass keinesfalls zutraf, was jener erzählte, der »es«, als Erster der Clique!, getan haben wollte: Ausgerechnet der! Der doch nicht! Und trotzdem haben alle gebannt und mit einem eigenartigen Prickeln in der Hose zugehört, das sie noch nicht richtig einordnen konnten. Doch nachts dann...

Genau dies.

Sünde hin, Sünde her.

Um die vierzehn Jahre alt wirst du zu diesem Zeitpunkt gewesen sein. Ja, das kommt hin, denn du standst in dem Alter, in dem es nach Ansicht deines Großvaters höchste Zeit war, ernsthaft über deine Zukunft nachzudenken. Sein Vorprellen in dieser Frage trieb seinem Schwiegersohn, deinem Vater, den Angstschweiß aus allen Poren, denn er war der Ansicht, Opa versuche ihn mit derartigen Spielchen vom Podest des einzigen Vorbilds zu stoßen, das sein Kind haben sollte, mein Fleisch und Blut, na ja: und jenes meiner Frau, eurer Tochter. Er habe sogar, hat deine Mutter dir später verraten, ganz ernsthaft befürchtet, du könntest ihm gänzlich entgleiten oder entzogen werden. Weil doch niemand darüber hinwegsehen konnte, dass Großvater ihn überhaupt nicht mochte! Großvater machte aus seinem Herz nie eine Mördergrube, ungeachtet möglicher Folgen für ihn. Und unübersehbar war, dass du deinen Großvater liebtest, ja verehrtest.

»Lerne etwas Handwerkliches«, riet also Großvater, Schlosser und Mechaniker von Beruf und aus Berufung, »Handwerk hat goldenen Boden.« Und vermochte dies durchaus schlüssig für ihn, respektive seine, die sich dem Ende entgegen neigende Epoche zu begründen. »Ich bin unkündbar«, verkündete er nämlich am Familientisch oft und stolz. Diese unerschütterliche Gewissheit, seine Geschichten über den Spaß, den man trotz harter Arbeit miteinander hatte, also über die tolle Kameradschaft untereinander, tröstete nicht nur über die oft fehlende Wurst beim Abendbrot hinweg, das Geld war chronisch knapp, vom Hungerlohn, den man ihm bezahlte, erzählte Großvater nichts, und Großmutter, die darüber ein Lied hätte singen können?, sie schwieg eisern und beharrlich, sondern ließ in dir die Gewissheit reifen, ein handwerklicher wäre, wenn schon (der Traum von der Schauspielerei kam etwas später), tatsächlich der richtige Beruf für dich, zumal Großvater, »sieh bloß mich an und meine unanfechtbare Stellung im Betrieb, die selbst dem Patron Hochachtung abverlangt«, die Wichtigkeit von Leuten wie seinesgleichen für jedes Unternehmen im allgemeinen und für die Firma, für die er arbeitete, im speziellen, regelmäßig unterstrich: »Ohne mich ginge in der Firma gar nichts, ich kann alles reparieren und wieder herrichten, das habe ich von der Pike auf gelernt.«

Dein Vater, er hatte Lehrer werden wollen und war stattdessen, nach einigen Irrwegen, Disponent geworden, was ihn langweilte, ohne dass er sich je darüber beschwerte, hat dich, der Kampf jedoch war hart und langwierig, doch noch auf seine Seite zu ziehen vermocht (nachdem er dir, als es so weit war und du ihm mit der Schauspielerei kamst, mit ewiger Verdammnis gedroht, Hunger und Durst prophezeit und damit Angst eingejagt hatte, diese Kunst sei nicht bloß eine brotlose, sondern man könne nicht einmal sicher sein, sich ein anständiges Dach über dem Kopf leisten zu können): »Willst du jemand sein, dann geh ins Büro«, sagte er: »Schau mich an, Sohn: Weißes Hemd, Krawatte und Hände, die kaum je schmutzig werden, und dazu erst noch ein gutes, ja vorzügliches Gehalt; das ist doch das wahre Leben!«

Deine Mutter hatte zwar anfänglich eingewandt, man höre wahrscheinlich doch besser auf Großvater, er kenne das Leben und habe schon oft sein feines Gespür für wirtschaftliche, politische und gesellschaftliche Entwicklungen und Bedürfnisse der Menschen unter Beweis gestellt, wagte es aber nicht, eine andere Epoche!, ihrem Angetrauten mit allzu offener Opposition zu begegnen (und zur Schauspielerei?, »Sodom und Gomorrha«, meinte sie nur und rief, die Augen gen Himmel gerichtet, den Allmächtigen an).

»Du willst dir doch keinen krummen Rücken holen wollen«, konterte dein Vater, als du einmal mehr von Großvater zurückkehrtest und erneut überzeugt warst, Schlosser wäre (vorübergehend) das Richtige für dich (einmal volljährig, würdest du dich ohnehin der Schauspielerei zuwenden, das schien dir klar), »und nicht ein Leben lang in einer schmutzigen, staubigen, düsteren Halle ohne richtiges Licht arbeiten müssen. Du willst doch, mein Sohn, lieber einen gebügelten Anzug tragen, statt ein schmutziges Übergewand. Das, glaube mir, kommt bei den Mädchen an, denn Frauen hassen nichts mehr als Männer, die schmutzig von der Arbeit kommen und den Dreck unter ihren Fingernägeln nicht wegwaschen können, so sehr sie sich auch bemühen, dermaßen fest setzt er sich mit der Zeit«, und er schaute dabei deine Mutter an, als wolle er mit seinem Blick ausdrücken: sie hätte mich andernfalls keineswegs zum Mann haben wollen.

Ist dies die Biographie, wie du sie dir vorstellst? Immerhin könnte, bei allem, was sukzessive von dir sichtbar wird, auch ein ganz anderer Lebensweg dich von damals bis in dieses Bett geführt haben, Monique an deiner Seite. Ist sie, kann man davon ausgehen, deine wahre bis hierhin? (Jedoch: Deine Träume, könnte Monique fragen, wolltest du ihr wirklich alles offenlegen, wie es sich in deiner Biographie darstellt, was ist aus ihnen geworden? Der Schauspielerei! Könnte es sich, Monique demnach: die erste und einzige Frau, die dich durchschauen würde und könnte, ängstigst du dich davor?, darüber musst du Gewissheit erlangen, bevor du zu erzählen beginnst!, nicht vielmehr so verhalten, dass, was du vorbringst und was durchaus glaubwürdig klingt, was mich schmunzeln lässt und was in mir den Wunsch weckt, dich tröstend in meine Arme zu schließen und einige Gefühle in mir mehr anspricht, allesamt liebevolle und zärtliche, du nur zum Vorwand nimmst, um gekonnt und eloquent, muss ich eingestehen, zu verschleiern, was du wirklich und wessen du dir bewusst bist: ein Gescheiterter in seinem Leben zu sein, der auf einen Scherbenhaufen blickt?)

Knapp über Grund schwebt der Morgengruß der feinen, mitunter im Nebel, zumindest aber in stetem, leichtem Dunst liegenden Zickzacklinie zwischen Schlaf- und Wachzustand entlang, als sei er unschlüssig, ob er sein Ziel erreichen soll oder will: Ob es gescheit sei, den Dösenden zu stören, ob er ihn nicht lieber schlummern lassen sollte, ob er falsche Erwartungen wecke oder Ängste hervorrufe, würde er sich ihm weiter nähern, das fragt er sich. Er entschließt sich gleichwohl, bei dir eintreffen zu wollen, dich gleichzeitig aber zu ermahnen, dich aufzurütteln: Willst du dich nicht endlich mit ihr befassen, mit der wunderschönen Frau an deiner Seite, statt dich mit deiner Vergangenheit herumzuschlagen, diesem Blick zurück in deine, eine, gewiss: in deiner Darstellung glückliche, Jugend, der dich jedoch, ließest du ihn nicht bloß über die von der Verklärung über die Distanz von damals bis heute blank polierte Oberfläche gleiten, sondern tiefer in jene Zeit eindringen, früher oder später, wenn die nächste, die übernächste, die darauf folgende Schicht deiner Vergangenheit freigelegt würde, schmerzen, dich erneut, so wie damals oder trotz oder gerade wegen der seither verflossenen Jahre, Monate, Wochen, Tage und Stunden wesentlich gefährlicher verletzen könnte? Du solltest dich somit gescheiter und ganz ernsthaft fragen, ob es nicht vielleicht an der Zeit wäre, die Augen endlich zu öffnen, Monique in den Arm zu nehmen, und…

Fiona

Er gefiel mir. Wir waren etwa ein halbes Jahr mehr oder weniger zusammen. Als ich jedoch wahrnahm, dass ich alles war, was er hatte, und dass er sich ausschließlich auf mich, seinen gesamten, seinen einzigen Lebensinhalt fixierte, wurde es mir rasch zu eng; ich begann mich vor einer Zukunft mit ihm zu fürchten. Nach der Trennung hat er mir eine Weile lang Ansichtskarten von überall her geschickt, wo er gerade war, weil er wusste, dass ich das mochte. Das fand ich süß. Nein, er hat mich nicht dazu überreden wollen, unsere Beziehung wieder aufleben zu lassen. Ob es ihm schlecht ging nach unserer Trennung? Das weiß ich nicht.

Drei

I

Du hast dir überlegt, ob du weggehen solltest, als »das mit Lydia« geschah. Du hattest dieselben oder ähnliche Gedanken allerdings schon früher gewälzt: davonzulaufen, statt dich der Herausforderung zu stellen, das Leben hier und jetzt wieder in die eigene Hand zu nehmen: dein unmittelbarer Reflex, er regte sich eigentlich stets, wurde dir etwas zu viel oder drohte es dir über den Kopf zu wachsen oder wolltest du einer unvermeidlichen Konfrontation ausweichen, von der du wusstest, sie würde schmerzlich verlaufen für dich oder für beide oder alle Beteiligten und rundum Wunden schlagen, die schlecht oder kaum je verheilen würden. Diesmal jedoch war die Situation entschieden ernster, denn »das mit Lydia« war nur die einfache Formel für einen äußerst komplexen Sachverhalt, die Spitze des Eisbergs gewissermaßen. »Das mit Lydia«, du warst und bist dir dessen sehr wohl bewusst, hätte ebenso zutreffend »das mit dir«, somit: »das mit Felix« überschrieben und genannt werden können. Ebenso vereinfachend, ebenso zutreffend.

Ernsthaft, konzentriert, penibel, exakt, wie man es sich von dir gewohnt ist, hast du diesmal alle Für und Wider gegeneinander abgewogen, die dir einfielen, nicht spielerisch, nicht träumerisch, nicht mit einer romantischen Note versehen wie ehedem, bei anderen, ähnlichen, indessen nur ansatzweise vergleichbaren Gelegenheiten, als du dich durch Wälder schweifen und die wildesten, amüsantesten, zärtlichsten, geheimnisvollsten Bekanntschaften schließen ließest: mit den Alt-Hippies um Smokey zum Beispiel, der nicht von ungefähr so hieß, mit Angie und ihren Freunden in einem ehemaligen Kloster, wozu Monsignore, gewesener Bischof, vorzüglich passte, mit Sabine, Sandra, Moonlight und Sunshine undsoweiter. Weggehen meintest du diesmal auch nicht länger im ziemlich banalen, da üblichen Sinn von: die Wohnung verlassen, eine neue Bleibe suchen, gewissermaßen zwar ein neues Leben beginnen, was immer man sich darunter vorstellen mag, indessen in nicht allzu großer Entfernung vom alten, sodass du jederzeit zurückkehren könntest, sofern du wolltest. Würde ich wollen?, hast du dich gleichzeitig gefragt und dir vorerst keine, nicht einmal eine vorläufige Antwort gegeben: nichts überstürzen, einer deiner Leitsprüche, die du über dein Leben gehängt hast wie jene Firmenschilder aus Email, die stolz über Ladengeschäften prangten in scheinbar grauer Vorzeit (so weit zurückgreifen, dass du behauptet hättest, sie seien in Stein gemeißelt, deine Leitsätze, wolltest du dann doch nicht): unverwüstlich!, für eine Ewigkeit ausgelegt. Auf Distanz bleiben, hieße dies, vorerst bezogen auf »das mit Lydia«, den einfachen Teil der schwierigen Aufgabe (schließlich warst und bist du kein Stalker und würdest nie einer werden; Menschen nur deswegen zu belästigen, weil sie etwas nicht oder nicht mehr wollen, verurteilst du ohne Einschränkung als abscheuliche Tat), aus der Ferne zusehen also, ruhig abwarten, was geschähe, was sich verändern würde, und was so bliebe, wie es nun einmal war. Hoffentlich nicht, dachtest du sofort, und daran unmittelbar anschließend: Und wenn schon! Weit entscheidender war ohnehin die Frage: In welche Richtung sich denn bewegen sollte, was du nicht ruhend wissen wolltest. Womit du nicht länger die in die Brüche gegangene Beziehung mit Lydia meintest, sondern weit umfassender: Wie es weitergehen sollte mit dir in dieser dir erschreckend schnell fremd gewordenen Welt, die dich immer entschiedener anwiderte, mit jeder Minute, die verstrich, deinen Brechreiz steigerte wie jenes offenkundig verdorbene Gericht: Erst stieß es auf, es folgte der sich steigernde Schmerz des rebellierenden Magens, der sich drehte und wand, sich verknotete, ausdehnte, bis du glaubtest, in den nächsten Sekunden zu platzen, und wieder zusammenzog, sich hob und senkte in irrem Tempo, bis du schließlich elend, mit kürzeren und ein wenig längeren Abständen dazwischen, nicht weniger als vierundzwanzig Stunden lang über einer grünen Schüssel aus leicht zu reinigendem Kunststoff hingst, die Lydia nicht zu diesem Zweck, dafür zuletzt!, machte sie dir unmissverständlich klar, erstanden hatte, ein teures Designer-Stück, dass bloß dazu gedacht war, dass sie unter Umständen (in einem nie eintretenden Notfall, warst du überzeugt) ein-, vielleicht zweimal pro Jahr einen BH oder ein Höschen darin auswaschen könnte: So war Lydia!

Weggehen also. Aber richtig. Weg und immer weiter zu gehen, mit diesem Gedanken hast du zu spielen und über die Konsequenzen nachzudenken begonnen, nicht, niemals!, aufzuhören damit, einen Fuß vor den anderen zu setzen, unterbrochen das Gehen oder Ausschreiten oder Wandern, das

Schlendern oder Spazieren oder Flanieren oder Eilen (rennen nicht, rennen würdest du niemals, hast du dir vorgenommen, und sogleich relativiert, beziehungsweise den gefassten Vorsatz ergänzt: Es sei denn, ich müsste vor etwas oder jemandem fliehen), je nach Wetter vielleicht, nach Tageszeit, nach Lust oder Laune variierend die Fortbewegungsart (zu Fuß, immer zu Fuß, nicht fahren, nicht fliegen, nicht auf einem Kanal, einem See, über ein Meer schippern, soweit sich letzteres aus geografischen Gründen vermeiden ließe, nicht reiten, dich nicht auf ein Fahrrad schwingen, nicht von einem hilfsbereiten Ballonfahrer mitnehmen lassen: keine andere der vielfältigsten Möglichkeiten, sich fortzubewegen als jene, auf den eigenen Füßen zu stehen, die eigenen Beine zu bewegen, kam in Frage: gehen, gehen, ohne Unterlass gehen), und unterbrochen, sie auf ein Minimum reduzierend, von urmenschlichen Bedürfnissen, somit solchen, die sich auf die Dauer nicht vollständig unterdrücken ließen, wie essen, trinken, schlafen (mit diesem Dreigestirn lebenswichtiger Dinge hattest du nach »dem mit Lydia« vorerst beträchtliche Mühe), und austreten (du hast lange nach den passenden Begriffen gesucht, pissen und kacken wolltest du ebenso vermeiden wie »die Notdurft verrichten«, ersteres war dir zu vulgär, letzteres schien dir zu geschwollen für einen Menschen, der seine »einfache Herkunft« nicht zelebrieren, doch keinesfalls scheinen oder den Anspruch erheben oder sich darstellen oder den Anschein erwecken will, zu sein, was du zumindest behauptest, nicht zu sein).

Weiter und immer weiter gehen, von hier nach dort und darüber hinaus, stets vor-, nie seitwärts und zurück schon gar nicht. Wohin du gelangen, welche Orte du passieren, welche du knapp verpassen würdest (Ortschaften, Dörfer und Städte, kleine und große, oder jene Stätten, Ansiedlungen oder Punkte, vermerkt unter Sehenswürdigkeiten, unter Mussman-gesehen-haben oder Sollte-man-nicht-verpassen-sie-zubesuchen): völlig unbedeutend. Du bist kein Sammler, nicht in jeder anderen Hinsicht und auch nicht mit Blick auf besuchte (fotografierte, gefilmte, also abgehakte), angeblich wichtige oder bedeutende oder angesagte Landschaften oder Länder oder gewisse Punkten auf diesem Erdball, und du würdest nie zum Sammler werden, und schon gar nicht auf dieser, deiner mutmaßlich letzten Reise.

Der Weg, er allein, wäre das Ziel.

Du hast, an diesem Punkt deiner Überlegungen angelangt, gelächelt, dann haben tiefe Furchen deine Stirn aussehen lassen wie einen frisch gepflügten Acker: Wer nur hat mich einst mit dieser Weisheit das Grübeln gelehrt?

Ungezähltes, was dir zum Weg einfiel, dem einzigen Ziel deiner Reise, Handfestes vorerst, es ist stets ziemlich unmittelbar abrufbar aus dem Hirn, dem Gedächtnis, und was du dir vorstellen konntest, es in deren Verlauf zu erleben, anzutreffen, zu beobachten, zu bewundern und zu bestaunen, ohne danach gesucht zu haben. Du sahst dich, über dir das geschlossene Blätterdach, durch ausgedehnte Wälder gehen, begleitet von Vogelgezwitscher und geheimnisvollem Rascheln in den Büschen längs des Weges, dich über karge Ebenen schleppen, sandiggelber Untergrund, weit und breit nicht ein einziger, noch so kleiner, winziger grüner Fleck, tapfer ausschreiten durch wilde Täler mit rauschenden Bächen und dich über einsame Gipfel kämpfen, die vielleicht bedeckt wären von ewigem Schnee, du sahst dich schwitzend, halb wahnsinnig bereits unter der brennenden Sonne dahinschleichen, oder wie du dich verkriechen müsstest in einer Felsenhöhle, um Schutz zu finden vor tage- und nächtelang gnadenlos niederprasselndem Regen, völlig durchnässt, schlotternd, die Knie bis zum Kinn hochgezogen, was deinem Leib die verbliebene Restwärme erhielte. Und dann sahst du auch schon das Bild einer zarten Gestalt in deinem Rücken in dir wachsen, die dich von hinten umfinge, sich an dich schmiegte in der einzigen Absicht, dich zu wärmen, und du ließest es zu, dass sie über dich und sich eine dünne Decke breitete... Und du schrecktest aus deinen Gedanken hoch: jegliche Romantik hattest du dir doch verboten!

Gehen, immer weitergehen! Kein voreiliger Blick nach links, nicht nach rechts geguckt, schon bevor die Reise überhaupt begonnen hätte! Die dich wohin führen würde?

Und da war er plötzlich, der magische Begriff: Gehen bis ans Ende der Welt.

Die Welt als Scheibe: anders sei, musstest du dir sagen, in dieser Absicht ein Ende der Welt nicht vorstellbar (denn du wolltest sie weder einmal umrunden, noch den vermeintlich einsamsten Punkt auf diesem Globus finden, den du »das Ende der Welt« nennen könntest: das genügte dir nicht!).

Dass du über ein beachtliches Maß an Phantasie verfügst, es klang bereits an, und dir einen schönen Teil davon in einer kindlichen, nachgerade reinen Form bewahrt hast, hat dich in jeder Phase deines Lebens den meisten der vielen Menschen, denen du begegnet bist, selbst wenn die Kontakte oberflächlich, nur flüchtig blieben, sowie jenen nicht sonderlich zahlreichen sympathisch und liebenswert gemacht, denen du erlaubt hast, dir näher und nahe zu kommen. Neidlos, die Feststellung!

Deine dunklen, deine (mitunter tief)schwarzen Gedanken, sie haben ihre Wurzeln erst später und gleichwohl früh in deinem Leben, in den jungen Erwachsenenjahren, geschlagen und sich, du konntest, du wolltest dich dagegen nicht ernsthaft zur Wehr setzen: »das Dunkle gehört zum Leben so gut wie das Lichte«, schnell in dir ausgebreitet, hast du ihnen allen, den deine Kreise nur perforierenden sowohl, als auch jenen Mitmenschen geschickt vorenthalten, denen du erlaubt hast, dem Zentrum deines wahren, deines vollständigen Wesens ein Stück weit näher zu kommen. Nicht, um besser dazustehen, einen positiven Eindruck bei deinem Umfeld zu hinterlassen, die dich Begleitenden, deine Wege Kreuzenden nicht zu ängstigen, zu verunsichern, ihre Sympathie zu gewinnen, vielmehr: um dir lästige Fragen und Nachfragen und Fragen zu ersparen, die ihrerseits auf die Nachfragen folgen würden, und zwangsläufig Mitgefühl, Mitleid gar, von dir fernzuhalten. Alle deine späteren Bewunderer (die zumeist stumm, sie getrauten sich nicht, sich als Fans zu outen) und die emotionslos Bekannten, jene an der Peripherie und jene wenigen, handverlesenen Freunde in deiner Nähe, sind letztlich deiner immensen Vorstellungskraft, aber vor allem dem erlegen, was du daraus an wuchtigen, farbenprächtigen Bildern, an grandiosen Wortburgen entstehen ließest. Und all dies hast du eines Tages aufgegeben! Ein herber Verlust. Eine Schande!

Einer deiner liebsten Ausgangspunkte für deine Gedankenreisen, von denen du die fantastischsten, die schönsten, die liebevollsten, romantischsten Geschichten zurückbrachtest, die bedrückendsten, zuweilen grausamsten hast du wohlweislich unterschlagen, ist seit jeher die Vorstellung der Welt als Scheibe, worüber der Himmel mit seinen Sternen, dem Mond, der Sonne sich wölbt.

Wann habe ich damit begonnen, dies nach außen zu tragen?, fragst du dich, wer war damals bei mir?, weshalb habe ich gerade dieser Person gegenüber dieses Geheimnis gelüftet? Neu jedenfalls waren sie dir zu jenem Zeitpunkt nicht gewesen, die bildlichen Darstellungen vom »Ende der Welt«. Sie sind dir vielmehr seit deiner Jugend geläufig. Sie hatten dich sogleich fasziniert, als du sie erstmals zu Gesicht bekamst, und du hast sie in deinem Gedächtnis abgelegt und sorgsam aufgehoben wie wichtige Schätze. Sie sind also über all die Jahre in dir erhalten geblieben und niemals verblasst: Konserviert haben sie sich, die Eindrücke, diese besonders scharfen Reproduktionen dessen, was du aufgenommen hattest. Sie geben alles perfekt wieder, bis in die winzigsten Einzelheiten, das weißt du, du brauchst die Bilder bloß abzurufen.

Das Ende der Welt, eines der möglichen Enden, dein liebstes: eine steile Klippe, senkrecht hinunterstürzend ins ewige Nichts, du, auf dem Bauch liegend, dich vorsichtig vorschiebend, bis du über die schroffe Kante in den endlosen Abgrund schauen kannst: Was gibt es bei diesem Anblick zu entdecken, weit unten, in tiefster Schwärze, oder ist da ein Licht, ein geheimnisvolles, ein strahlendes, das dir zuzurufen scheint: Komme zu mir und entdecke mich? Und wem als erster, somit zur Mitwissenden werdenden Person, hast du davon erzählt, wem ausgemalt, was sich danach ereignet haben oder was ausgeblieben sein könnte (die Angst beispielsweise, je wieder zurückzufinden ins sogenannt reale Leben, die Verheißung allenfalls, dich in die Tiefe begeben, springen, abseilen, einen Fallschirm nutzen zu können und, besser als zuvor, aber, der entscheidende Unterschied: anders!, weiter existieren zu können)? Wem hast du Bericht erstattet (oder wem würdest du erzählen wollen), wie du ein anderes Ende der Welt erreicht zu haben glaubtest, ein vermeintliches bloß, sanft hinauslaufend ein flacher Sandstrand im Sonnenlicht in ein tiefblaues Meer, das sich am Horizont verlor, sodass du hinausschwimmen und zahlreiche verrückte Abenteuer bestehen müsstest, bevor du endlich das ersehnte, das tatsächliche Ende der Welt doch noch erreicht hättest, erschöpft, aber glücklich: das Ende des Meeres, in wilder Gischt im Nichts verklingend?

Die Geschichten, teils witzige, teils heitere, teils traurige, am liebsten jedoch verschrobene, über die man lange nachdenken muss, sie bildeten das Vehikel, deine Welt, dein Universum, deine Vision von der Unendlichkeit und deine Vorstellung von der Unsterblichkeit, definiert als Summe des Davor und des Danach, in mannigfacher Weise zur erzählerischen Blüte zu bringen und Gleichnisse in ihnen zu verbergen: diese andere Ansicht der Erde, die unserer täglichen Welt den Spiegel vorhält, ohne offen anzuklagen. Ausgedacht hast du sie und erzählt mit leiser, eindringlicher, sanfter Stimme, bloß wem?, ausgeschmückt und weitergesponnen in den folgenden Nächten und Tagen (und immer sahst du eine einzelne Person, eine Gruppe, ein Grüppchen, einen gerammelt vollen Saal Zuhörende vor dir, aber: hast du, hast du nicht?, was ist Fiktion, was ist Realität?, und welche Realität ist bei der Beurteilung dieser

Ereignisse oder bloßen Träume die entscheidende?). Niemals aufgeschrieben, doch sukzessive perfektioniert, sind sie dir immer noch geläufig, als hättest du sie eben in dieser Minute ausgedacht.

Diese vielen Bilder und die Geschichten, an die du dich erinnerst, als hättest du sie gerade erst erschaffen: daran wolltest du allerdings, nachdem »das mit Lydia« geschehen war, weniger denken, als dich vielmehr ganz pragmatisch damit befassen, das Hirn will beschäftigt sein, will man der Verzweiflung die Stirn bieten, was sich der Verwirklichung des Traums entgegenstellen könnte, auf dieser Scheibe Erde bis an deren Ende zu gehen. Es tauchten vor deinem inneren Auge sofort die zahlreichen Probleme auf, die ein solches Vorhaben mit sich brächten. Und damit meintest du überhaupt nicht, bestimmt jedoch nicht in erster Linie, die Überwindung hoher Berge oder das Durchqueren der großen Gewässer. Es drängte sich dir vielmehr und zuallererst die Frage auf, welche Entscheidungen dir abverlangt würden bereits vor dem Aufbruch. Du könntest ja in eine der vier Himmelsrichtungen (und in sämtliche Abstufungen zwischen Süd und Ost und Nord und West) gehen, und in jedem Fall würdest du früher oder später an ein Ende gelangen. Welches davon also solltest du zum Ziel deiner Reise machen (beziehungsweise: wenn der Weg das Ziel wäre, könnte die Reise am Ende der Welt überhaupt zu Ende, du am Ziel angelangt sein)? Der Instinkt, die Vernunft, die Sehnsucht rieten dir zu einem Weg, der geradewegs in südliche Richtung führen würde, weil er vorerst Wärme, dein Lebenselixier, und Hitze verspräche (wie allerdings sähe dies weiter entfernt aus, als Stichwort nanntest du dir: der sogenannte Südpol?). Indessen, das Aber, das hinter Instinkt, Vernunft und Sehnsucht sich erhebt: Gäbe es, was du unbedingt zu berücksichtigen hättest bei deinem Entscheid, Unterschiede in der Qualität, womit du in die Diskussion wirfst: in der Bedeutung der vier Enden (einfacher zu beantworten schien die Frage nach deren Beschaffenheit: vorstellbar unter anderem hier Berg, dort Meer, hier Ebene, dort Eis), vorausgesetzt, die nächste notwendige Überlegung, die Scheibe wäre überhaupt grundsätzlich viereckig? Was aber, erwiese sie sich als rund oder oval? Das den Lebensraum umfließende Ende ohne Ecken: ein Vor- oder ein Nachteil für dein Vorhaben? Und es machte sich, je länger du nachdachtest, die Neugierde immer schmerzhafter breit. Sorge keimte auf und gedieh rasch, wucherte wild um sich in dir: Würdest du dem vom Drang geforderten Tempo, gültige Antworten zu finden, genügen können, physisch also überhaupt in der Lage sein, das Ziel, wo sich, spätestens, alles offenbaren müsste, derart schnell, auf dem direkten Weg?, zu erreichen, damit alle Fragen vor deinem eventuellen Ableben beantwortet wären (denn dass diese irdische Reise dich unsterblich machen würde, während oder bloß weil du unterwegs wärst, schien dir allzu abwegig)? Und: Wie wichtig wäre das: endgültig zu wissen, bevor du vom Tod ereilt würdest? Die Neugierde pflanzte dir sodann unter anderem die ebenso bohrende Ungewissheit ein, ob entlang dieser Kante, dieser Klippe, dieser Bergkette, dieser Eislandschaft, einer jeder dieser Kanten oder Klippen oder dort, wo die Meere in die Tiefe stürzen, ein Zaun einen davor bewahren oder wenigstens warnen würde, den fatalen, den letzten Schritt, jenen ins Leere nämlich, ungewollt zu tun.

Oder würde, fragte dich die Neugierde weiter, am Ende der Welt nicht vielmehr der Himmel die Erde berühren und man somit mit dem Kopf unweigerlich dagegen stoßen, gegen eine harte Wand ähnlich dem dicken Glas, gegen das du in deiner Jugend und später noch einmal, zweimal im selben großen Warenhaus, geknallt bist, wobei du dir in beiden Fällen eine riesige Beule an der Stirn geholt hast? Oder wäre, was sich über den Grund wölben würde, eher gallertartig, dein Kopf also in der Lage, mit wenig Kraftaufwand die Masse zu durchstoßen, die sogleich nachgäbe, um sich, kaum wäre dein Haupt darin verschwunden, sanft um deinen Hals zu schmiegen? Der Kopf zu diesem Zeitpunkt somit drinnen, der Leib draußen, ein Stück über Grund im Himmel steckend: Welch kurioser Anblick dies für unbeteiligte, in dein Experiment nicht eingeweihte Beobachtende wäre!

Nächste, schwierig (seien wir ehrlich: nicht) zu beantwortende Frage: Was erblickten, während du noch versuchtest, den Leib nachzuziehen, deine Augen nun?

Die Ewigkeit?

Somit das, was angeblich unvorstellbar ist?

Wäre dergestalt nur der Übertritt vom hiesigen in ein »anderes Leben« möglich, eine weitere Frage, oder ließe sich der Kopf nach einem Augenschein allenfalls wieder zurückziehen, damit du im Diesseits weiterleben könntest?

Kindlich, gibst du unumwunden zu (zur Wehr setzen würdest du dich nur, wollte man deine Gedanken als kindisch bezeichnen), mochte nicht zuletzt die Vorstellung sein, wie es gelänge, am Ende der Welt zu stehen und den Kopf durch die Begrenzung zwischen Diesseits und Jenseits zu stecken, den

Leib hindurch zu schieben und auf diese Weise in die Unendlichkeit eintreten und allenfalls nach einer gewissen Zeit, bestünde das Bedürfnis danach, die Rückkehr antreten zu können! Du hast diese Möglichkeit gleichwohl ebenso und nicht minder ernsthaft in Betracht erzogen und die Für und Wider sehr sorgfältig gegeneinander abgewogen. Keineswegs religiös motiviert sei der Gedanke und nicht von Todesangst oder Todessehnsucht geprägt, hättest du sogleich beteuert und darauf mit der von dir bekannten Vehemenz beharrt: weder wolltest du sterben, noch bedingungslos glauben, sondern, ist das, hättest du aufbegehren können, denn zu viel verlangt?, nur leben: Leben, leben, leben! Sie ist dir im Übrigen seit deiner Kindheit ein Gräuel, die Forderung, einfach nur glauben zu sollen, weil dies in deinen Augen ständiges Kopfnicken bei Fragen voraussetzt, bei denen auf dich sofort weitere Fragen und ein längeres Nach- und Überdenken, Zweifel und erst dann allenfalls Erkenntnis, Akzeptanz oder Ablehnung warten.

Schließlich bis du zur abschließenden, zur Frage vorgedrungen, die, warst du dir klar, endgültig über Hierbleiben oder Weggehen entscheiden würde: Was du tätest, wärest du erst einmal am Ende der Welt angelangt (ungeachtet, ob es eines dieser scheinbar real existierenden in der Vorstellung der Erde als Scheibe oder ein eventuell nur gefühltes, ein Ende der Welt wäre, das sich allenfalls daraus ergäbe, dass du am Ende deiner Kräfte angelangt sein könntest): Der Weg zu Ende, jedoch: das Ziel bereits erreicht?

Darauf fandst du keine gültige, keine ohne weitere Wenn und Aber befriedigende Antwort. Allerdings wenigstens darauf, und so würdest du Monique antworten, fragte sie (dass du ihr von deiner liebsten, der Vorstellung, die Erde sei eine Scheibe, so bald wie nur möglich erzählen würdest, steht für dich außer Frage: eben hast du dies in Gedanken beschlossen), weshalb dich diese Vorstellung gleichwohl weiterhin fasziniere. Weil dies, deine Antwort, bedeuten würde, dass unsere Welt ein klar definiertes Ende und somit einen eindeutig definierten Lebensraum hätte, was eine weitaus faszinierendere Vision sei für dich, als sie die leider unumstößliche Tatsache darstelle, dass die Erde eine beinahe vollkommene, nämlich, habest du gelesen oder gesehen, eine leicht deformierte Kugel ist. Wie traurig doch die leider unumstößliche Wahrnehmung der Welt als Kugel sei! Sie verunmögliche das Mysterium eines geheimnisvollen, weit entfernten, unter normalen Umständen kaum, nämlich nur durch eine außerordentliche Anstrengung erreichbaren Endes der Welt, das zu entdecken und dessen Geheimnis zu entdecken, es zu entschlüsseln, Generationen von Menschen beschäftigen würde, in den Träumen, in realen, wenngleich nicht realisierbaren Plänen, in ihrer Phantasie. Welche Wohltat wäre eine solche Welt als Scheibe somit für unsere verkümmernde Phantasie!

So aber, lebend in einer Kugelwelt, kehrte man eines Tages stets an den Ausgangspunkt zurück, wohin man seine Schritte auch lenke, etwas darüber oder darunter vielleicht, jedoch würde grundsätzlich eine Umrundung, gedacht als Gang zum Ende der Welt, traurigerweise stets ungefähr dort enden, wo man sie begonnen hätte. Weshalb demnach also, hättest du dich letztlich, ernüchtert, fragen müssen, überhaupt weg und immer weitergehen? Es sei diese Erkenntnis allein gewesen, die dich bewogen habe, zu bleiben, wo du warst, und wo du übrigens zu bleiben gedächtest, »gottlob!«, könnte Monique dazwischenrufen und dir würde gleich warm ums Herz, und also hättest du dir lediglich eine neue Wohnung gesucht mit der Vorgabe, sie habe sich möglichst in einer geografisch eng gefassten nächsten Umgebung zur bisherigen und somit vorzugsweise am selben, deinem bisherigen Wohn- und Arbeits-, jenem Ort zu befinden, in dem du zur Welt gekommen und aufgewachsen und wo du noch immer tätig bist und lebst, aber: ein anderes engeres Umfeld sollte es sein, ein anonymes möglichst, eines, in dem du von niemandem und zu keinem Zeitpunkt angesprochen, in nichts, weil niemand dich kennt, und nicht in ein anderes Leben hineingezogen würdest, weil niemand dich kennenlernen will, und du somit vorzugsweise und hoffentlich zu keinem künftigen Zeitpunkt in die schiere Pflicht genommen werden könntest, von dir zu erzählen, was dir zur Bedingung auferlegen und damit in dir die Pein zu neuem Leben erwecken könnte, über dich und deine Vergangenheit nachdenken oder Pläne für die weitere Zukunft entwickeln zu müssen. Und so seist du, ein Zufall sei es letztlich gewesen, nichts anderes, in die Siedlung »Am Bach« gekommen. Ironie des Schicksals höchstens: Dass du in deinen düstersten Tagen dorthin zurückgekehrt seist, wo du die glücklichste Zeit deines Lebens verbracht habest.

»Die nun«, wie zärtlich Monique dich in ihre Arme nähme, wird dir beinahe physisch spürbar bereits bei der Vorstellung dieses Gesprächs, »wieder zu neuem Leben erwachen könnte, vielmehr: wird! Und dass die Pein ausbleibe, obwohl ich noch viele Fragen stellen werde!«

Geraldine

Felix wer? Keine Ahnung. Ach, so, mein Urlaubsflirt damals, auf den Malediven! Aber, bitte sehr, von wegen ernsthafter Affäre! Man weiß doch, wie das so geht: Man befindet sich im Urlaub, die Sonne scheint jeden Tag von früh bis spät, man ist heiter und gelöst, braucht nicht an den Alltag, beziehungsweise überhaupt an nichts zu denken. Da kann es schon passieren, dass man sich ein wenig in jemanden verguckt. Wir haben lange Abendspaziergänge unternommen, haben die Sonnenuntergänge bestaunt, unsere Gedanken ausgetauscht, er hat dabei den Arm um meine Schulter und ich den meinen um seine Hüfte gelegt, wir haben Händchen gehalten, uns zum Abschied jeweils geküsst, und wir haben uns, gebe ich zu, zwischendurch ausgemalt, wie es wäre, nie mehr von dort wegzumüssen. Richtig romantisch. Ich mochte und ich brauchte das. Und Felix hat mir erzählt von seiner Vorstellung einer Welt als Scheibe, verrückt!, aber irgendwie wunderschön, und er hat jeden Abend und speziell für mich eine neue Geschichte dazu erfunden. Fantastisch, was Felix sich alles ausdenken konnte! Ich war fasziniert. Mehr aber war da nicht. Ob wir miteinander geschlafen haben? Das, will ich klarstellen, geht nur Felix und mich etwas an!

II

Zeno verließ die fröhliche Runde als Erster, kaum war Felix von der Toilette zurück und hatte seinen Unterleib (und seine Gefühle) wieder unter Kontrolle. Bei seinem Abschied murmelte der Youngster im Team, er habe seiner kleinen Tochter, sechs, versprochen, sie führen am Samstag ins kürzlich erweiterte Erlebnisbad, nachdem sie zusammen die Einkäufe für das Wochenende und darüber hinaus erledigt hätten.

Er wirkte dabei, fand Felix, als sei es ihm peinlich, seinen Kollegen gegenüber einzugestehen, es gebe für ihn wichtigere Dinge im Leben, als mit ihnen die halbe Nacht durchzuzechen. »Ihr müsst wissen, meine Frau fährt morgen früh zu ihrer ersten Klassenzusammenkunft«, was in Felix' Ohren klang, als wolle Zeno sich entschuldigen, »da machen wir uns zwei gemütliche Vatertage. Patrizia freut sich schon seit Tagen, ihren geliebten Papi einmal ein ganzes Wochenende ganz für sich allein zu haben.«

Sogleich witzelten alle durcheinander: Treffe die erste Einladung zu einem derartigen Anlass erst einmal ein, sei dies ein untrügliches Zeichen, dass man älter werde, und sie wunderten sich demnach nicht länger, weshalb sich in seinem Haar, Zeno war gerade einmal dreißig, die ersten grauen Haare zeigten. Und John meinte, kaum war Zeno verschwunden: »Er ist halt ein wenig unter dem Pantoffel, der Arme.« Er seufzte und zwinkerte in die Runde: »Das wird sich legen mit den Jahren, nicht wahr?«

»Du musst es ja wissen!«, rief Robert und alle lachten.

Felix, der eigentlich schweigen wollte, hörte sich erstaunt dabei zu, wie er für den jungen Kollegen Partei ergriff: »Hört schon auf, gönnt ihm doch sein Glück. Ist doch schön, wenn Kinder einen Papi haben, der sich Zeit für sie nimmt.«

»Was weißt denn du darüber«, feixte John und boxte Felix als Zeichen, dass er es nicht böse meinte, freundschaftlich in die Seite.

»So wenig wie du«, stupste Felix zurück, der wusste, dass Johns Ehe kinderlos geblieben war, gottlob!, hatte Felix oft gedacht, wenn er von einer neuen Eskapade seines Bürokollegen hörte, »aber ich erinnere mich meiner eigenen Jugend. Wäre Großvater nicht gewesen...«

Er verstummte, hätte sich am liebsten die Zunge abgebissen: Darüber wollte er nun wirklich nicht reden.

Ein Bier später, dem vierten, sofern Felix richtig gezählt hatte, verabschiedete sich Viktor: »Familiäre Verpflichtungen, ihr wisst schon.«

Konspirativ raunte John, der stets über beinahe alles bestens informiert war, was sich im Unternehmen und selbst im Privatleben so mancher Mitarbeiterin und so manchen Mitarbeiters ereignete, ausblieb, anbahnte und zerbrach, kaum befand sich Viktor außer Hörweite, Felix zugewandt, der als Einziger der Runde davon kaum wissen konnte: »Er besucht wie jeden Freitagabend seine Freundin. Seiner Frau wird er erklären, die Zusammenkunft mit uns habe sich wiederum bis weit nach Mitternacht hingezogen, und er habe sich aus bestimmten, ziemlich komplizierten Gründen aus diesem für ihn und sein Fortkommen, letztlich für unser beider Glück!, mein Schatz, so eminent wichtigen Kreis unmöglich früher zurückziehen können.«

Ob sie sich niemals bei einem aus der Runde erkundige oder sich gar darüber beschwere, dass ihr Mann jeden Freitag erst mitten in der Nacht nach Hause komme, wollte Felix wissen; die erste Frage, die ihm, ziemlich sprachlos: so hatte er Viktor nicht eingeschätzt, dazu einfiel.

»Doch, gewiss, das tut Olivia in regelmäßigen Abständen, man trifft sich ja dann und wann bei diesem oder jenem Anlass«, ein strafender Blick traf Felix: »sofern man sich auch nur ein wenig am öffentlichen Leben beteiligt«, John, die Frohnatur, lachte wieder, die spitze Bemerkung war wohl, dachte Felix, ebenso freundschaftlich gemeint wie der Seitenhieb davor, »wo sie stets den einen oder anderen Spruch fallen lässt, der uns wohl provozieren soll. Aber wir halten dicht, denn wir sind doch allesamt Freunde, nicht wahr?«

Norbert und Robert nickten.

Felix spürte, er würde erst darüber nachdenken müssen, was er davon halten sollte. Jemanden, den man liebt, sein vorläufiges Urteil, derart hinterhältig zu hintergehen, war mehr als verwerflich, schändlich, bösartig. Doch ohne mehr über Viktors Ehe und die Begleitumstände und letztlich zu wissen, ob überhaupt zutraf, was John da verbreitete, zumal er selbst Viktor stets als aufrichtigen, ehrlichen, etwas weltfremden Kollegen wahrgenommen hatte, der keiner Fliege etwas zuleide tun konnte, sagte Felix sich für den Moment, letztlich gehe ihn nichts an, wie Viktor mit seiner Frau umspringe, aber sie bewusst belügen, spräche Olivia ihn direkt darauf an, das würde ihm wohl kaum gelingen.

Norbert, John und Robert sahen ihn an. Sie schienen eine Stellungnahme, ein Bekenntnis, den Treueschwur gewissermaßen zu erwarten. Felix wusste, was sie hören wollten, und glaubte, dies dem Freundeskreis schuldig zu sein, in dem er sich freundlich, aber gleichsam wie auf Probe aufgenommen fühlte: »Ich werde selbstverständlich ebenfalls schweigen wie ein Grab.« Mit hinter seinem Rücken gekreuzten Fingern wie als Kind und Jugendlicher, wenn man damit ein Versprechen, noch während man es feierlich abgab, wieder aufhob. Und er nahm sich gleichzeitig vor, weiterhin alle Anlässe zu meiden, bei denen er Gefahr laufen könnte, auf Viktors Frau zu treffen.

Als Felix sich nun diese Szene in Erinnerung ruft, scheint ihm, aber es könnte ihm das Gedächtnis einen Streich spielen, räumt er sich sogleich ein, dies kam zuweilen vor und widerfährt jedem Menschen, als sei da noch etwas gewesen, während er, mit vermutlich gerunzelter Stirn unschlüssig dastand und seine Kollegen betrachtete: Zwischen ihren Köpfen hindurch habe sich ein sehr flüchtiges, ein anderes Bild gezeigt, jenes mit drei Frauen, die am anderen Ende des Tresens standen, Champagner- oder Sektgläser in der Hand, die Köpfe, die Lautstärke der Musik!, nahe beisammen, und, ihren Mienen nach zu schließen, in ein heiteres Gespräch vertieft. Ein, vermutlich helles, Auflachen der Brünetten, die ganz rechts stand und dabei den Kopf zurückwarf und zwischen anmutigen Lippen, die sich weit öffneten, zwei Reihen blendend weißer Zähne entblößte. Eventuell aber war das Trio ihm auch erst später aufgefallen, sagt er sich und tröstet sich über die Ungewissheit hinweg: dem exakten Zeitpunkt, zu dem er sie entdeckt hatte, kam ja nun wirklich keine Bedeutung zu! Ich verhalte mich ja fast wie in meiner Jugend: Wann, auf die Sekunde genau, habe ich mich verliebt? Eine damals unheimlich wichtige Angelegenheit! (»Was«, war jene Freundin, wie hieß sie bloß?, gleichzeitig entsetzt und enttäuscht, als er auf diese Frage keine befriedigende Antwort zu geben vermocht hatte, »du erinnerst dich nicht einmal daran? Wie soll da je etwas werden aus uns?«)

Die Gläser waren noch nicht wieder leer, als Robert seinen Abgang in die Wege zu leiten begann. Umständlich, gewunden, weit ausholend. Es gibt Menschen, die einen stets und augenblicklich nervös und ungeduldig stimmen, kaum öffnen sie den Mund, weil man weiß, sie wären einmal mehr nicht in der Lage, gerade heraus zu sagen, was sie denken oder sich wünschen oder was sie beabsichtigen. Robert zählte, obwohl exakt so veranlagt, eindeutig nicht dazu. Dies lag eventuell daran, vermutete Felix, dass sie sich über die Jahre an Roberts weit ausholende Erklärungen und Erläuterungen, die minutenlangen Einleitungen, die langen, komplizierten Sätze, bis er endlich zum Kern einer Sache vorstieß, gewöhnt hatten, war aber wohl mindestens zum Teil gleichzeitig darin begründet, dass diese umständliche Art zu Robert passte wie das Ei zum Huhn. Dass etwas im Busch war, wussten seine Kollegen also sofort, als Robert das Gespräch auf die demnächst beginnende Sportschau im Fernsehen zu lenken versuchte, um, als niemand daran Interesse zeigte, in den höchsten Tönen vom Spitzenspiel der heimischen Elf zu schwärmen, das am kommenden Tag ausgetragen werde: »Wenn wir gewinnen, sind die Chancen für den Aufstieg wieder absolut intakt.«

Norbert warf, um den Vorgang zu beschleunigen, man befand sich schließlich nicht inmitten einer geschäftlichen Besprechung, bei der man jemanden brav und geduldig ausreden lässt (um ihn gleich danach niederzumachen), und um Robert eine Brücke zu seinem Abgang zu bauen, an dieser Stelle locker ein: »Alles klar, Robert. Wir wissen doch: deine Saisonkarte. Wir haben selbstverständlich Verständnis dafür, dass du morgen dabei und einigermaßen fit sein willst.«

»Und dir das Bier wieder ansehen kannst, ohne dass dir gleich übel wird«, schickte John hinterher.

Robert, mit einem verklärten Lächeln im Gesicht, bedankte sich herzlich, »ihr seid wahre Freunde!«, und verschwand.

Doch danach?

John und Norbert, erinnert sich Felix, hatten sich gefragt, die Gläser leer, der Durst noch nicht gelöscht, ob sie hier oder anderswo weitertrinken wollten. Er hatte sich an dieser Diskussion nicht beteiligt, ihm war es egal gewesen, Hauptsache war ihm, noch nicht in seine leere Wohnung zurückkehren zu müssen. Ein Novum! Felix kannte sich umso weniger, je länger der Abend dauerte, stellte er fest.

Rund um Roberts Weggang hatte sich das Lokal sukzessive geleert. Für viele Gäste war es wohl Zeit gewesen, nach Hause zu gehen, wo eventuell ein gedeckter Tisch wartete, oder sie hatten eine Verabredung oder wollten eine Kneipe weiter ziehen. Ja, denkt Felix, so könnte es gewesen sein, denn der Blick dem Tresen entlang war nun ziemlich frei gewesen. In diesem Augenblick könnte er sie also entdeckt oder erstmals richtig wahrgenommen haben, die drei Frauen, oder gar noch etwas später, als John und Norbert in Ermangelung eines besseren Themas und noch unentschieden, wie der Abend weitergehen sollte, erneut ihre Vorgesetzten durchzuhecheln begannen, und er sich, wie gewohnt, aus der Diskussion heraushielt. Was hatte er da getan?, fragt sich Felix, und kommt zum Schluss: Er hatte wohl seine Blicke, ziemlich gelangweilt, doch überzeugt, dieser Schwebezustand der Unentschlossenheit hielte nicht lange an, um eine kurze Baisse handle es sich bloß, da müsste man hindurch!, durch das Lokal schweifen lassen.

Das Trio am anderen Ende des Tresens hob die Gläser, ein fröhliches Zum-Wohle, gefolgt von einem herzlichen Hoch-soll-sie-leben. Die um einen Kopf kleinere Frau in der Mitte strahlte, wenngleich, schien es Felix, etwas verlegen, und folgerte, was nicht schwer zu erraten war, ihr gälten die Glückwünsche, wozu auch immer, Küsschen, Küsschen, danke, danke, danke! Und während er die drei fröhlichen, heiteren, ausgelassenen!, Frauen weniger beobachtete, denn sie eher beiläufig, aber interessiert zur Kenntnis nahm, da er schließlich irgendwo hinblicken musste, während seine Kollegen sich weiter unterhielten, drehte die rechts Stehende den Kopf, diese ausdrucksstarken Augen!, durchfuhr es Felix wie ein Stromstoß. Ihre Blicke trafen sich, für den Bruchteil einer Sekunde nur, glaubt Felix nun, aber, vermutet er gleichzeitig, hätte dieser magische Moment bestimmt länger gedauert, denn er entschied immerhin über den Ausgang des Abends und der Nacht. Die Brünette, noch war sie namenlos, hob ihr Glas erneut und rief, unbekümmert über die Anwesenheit der anderen Gäste, quer durch das Lokal: »Kommt doch zu uns! Wir feiern, müsst ihr wissen«, sie deutete auf die zierliche Schwarzhaarige in ihrer Mitte, »ihren morgigen Geburtstag. Wir laden euch gerne auf ein Glas Sekt ein!«, und prustete lachend los: »Auf Rechnung des baldigen Geburtstagskinds natürlich.«

Hanna

Ich war scharf auf ihn (anders lässt sich dies nicht ausdrücken), das gebe ich unumwunden zu. Was mich vorübergehend völlig aus der Spur warf. Denn ich hatte Frauen nie begriffen, die einem Mann richtiggehend nachstiegen. Und nun schickte ich mich an, es ihnen gleichzutun! Ich kannte mich selbst nicht mehr. Doch erblickte ich Felix, und war es nur aus der Ferne, wollte ich ihn sogleich berühren. Meine Finger juckten, ich hatte meine Hände nicht länger in Gewalt und legte sie, kaum befand er sich in meiner Nähe, zum Beispiel auf seinen Arm oder auf seine Schulter oder ließ sie wie unbeabsichtigt über seinen Rücken und seinen Hintern gleiten. Dies schien ihn nicht zu stören. Vielleicht genoss er die Berührungen sogar. Wir haben allerdings nie darüber gesprochen. Er machte keine Anstalten, mir näherkommen zu wollen, was mich fast zum Wahnsinn trieb. Eines Tages jedoch explodierte die Welt förmlich. Was der unmittelbare Auslöser war, habe ich vergessen. Dies jedoch nicht: Danach hatten wir eine wahrlich wilde Zeit zusammen! Fielen übereinander her, kaum waren wir allein. Wir trieben es miteinander, so oft (und wo!) wir nur konnten. Das Ende? Das Verhältnis schlief einfach ein. Später lernte ich einen anderen Mann kennen, mit dem ich noch beisammen bin. Felix war in seine große Lebenskrise geschlittert. Ich begriff erst viel später, dass ich der Grund, von Schuld will ich nicht reden, dafür gewesen sein könnte.

III

Umschmeichelt von der sanften Brise dieses »Hallo« erwacht in ihm die süße Erinnerung, kein Verwehen!, wie angeklebt, hingepflanzt an diese Stelle unmittelbar über seinem ruhenden Kopf für die Ewigkeit, bleibt der zärtliche Duft, geformt aus diesem einzigen, nicht ausgesprochenen Wort, in der Luft stehen, die er sich sanft flirrend im ersten Sonnenlicht des neuen Morgens ausmalt. Wie schön sie doch ist! Wie zart ihre Haut! Wie weich ihr Körper! Wenige Zentimeter müsste er seinen Arm, ein Bein, seinen trägen Leib bloß in ihre Richtung bewegen, um sie zu berühren. Es lässt ihn schwelgen, das Bild, zurückgleiten in ihm äußerst angenehme, lusterfüllte, zärtliche, erotische Gedanken, und es gesellt sich Erwartung, Hoffnung, Vorfreude hinzu: Was mir, was uns noch alles bevorstehen, was uns einfallen könnte, was wir im Verlaufe der nächsten Stunden unter Umständen ausprobieren (oder verwerfen: Nein, das mag ich nicht!) werden, können, sollten! Er versucht, das sich rasant steigernde Begehren, die Begierde!, die Lust!, fast körperlich schmerzend schon die Erregung!, zu unterdrücken. Gut, denkt er, habe ich mein eines Bein leicht angewinkelt, wodurch das Knie, der Oberschenkel, den sichtbaren Grund liefern für die ansonsten eventuell verräterische

Erhebung unter der leichten Decke. Der Reiz der Vorstellung siegt über das tief in ihm bohrende Drängen, sogleich den Versuch zu wagen, dort weiterzumachen, wo sie vor kurzem erst aufgehört haben. Denn neben einer schönen Frau erwachen zu dürfen, nackt, er ist sich auch ohne die geringste Berührung gewiss, sie hätte sich nichts übergestreift, kaum dass er eingeschlafen war (als ob dies wichtig wäre, nichts leichter, als sich einer lästigen Stoffhülle flugs wieder zu entledigen!), und zwischen luftigleichten Laken, die sehr verhalten nach Lavendel duften: Was kann man sich vom Leben mehr erträumen! Er ist überzeugt, er sei der derzeit mit Sicherheit (und großem Abstand zu allen anderen) glücklichste Mensch auf Erden. Oder zumindest seines Geschlechts, relativiert er sein Empfinden. Und dieses Gefühl, so lange vermisst, derart intensiv herbeigesehnt, selbst die Träume der vergangenen Wochen und Monate, die süßen, die von intimer Schönheit und immenser Intimität beherrschten, waren davon erfüllt gewesen, nachdem die Albträume sich endlich davongeschlichen hatten: Das galt es erst einmal in Ruhe und in der gebotenen Langsamkeit auszukosten!

Danach sähe man weiter.

Niemand, der dich auch nur ein wenig besser kennt, käme wohl je auf den, ziemlich absurden, Gedanken, dich als einfachen, unkomplizierten, spontanen Menschen zu beschreiben. Allerdings liegt der Gründlichkeit deines Denkens, die eine gewisse, eine vermeintliche Trägheit im Handeln hervorruft, nicht etwa schlechter Wille zugrunde, keine böse Angewohnheit, keine Absicht im Sinne bewusster Verschleppung einfacher Prozesse und Abläufe durch ständige Einwände, Wenn und Aber ohne Ende. Du hast im Prinzip keine Angst davor zu entscheiden, bloß sicher sein willst du, so kenne ich dich seit jeher, zuvor alles und jedes berücksichtigt, sämtliche Vor- und Nachteile gegeneinander aufgewogen zu haben: Du warst und bist einfach so und könntest, selbst wenn du noch so wolltest, nicht anders. Selbst in Momenten wie diesen, die andere, die meisten!, alle!, Menschen außer dir einfach genießen würden, musst du dich, du Ärmster!, durch eine riesige Masse an Gedanken und Erwägungen kämpfen, obwohl du eben noch nur vorbehaltlos genießen wolltest: Dies entspricht deinem Naturell, du leidest nicht darunter. Du bist ein Mensch, wie grauenhaft!, wird man denken, der sich alles vorstellen kann und muss, was eintreten könnte, das Gute, das Positive, das Hervorragende so gut wie das Üble, das Zerstörerische, das Negative, das unter Umständen Tödliche. Somit gehen dir bereits wieder die verschiedensten, manche werden urteilen: die abwegigsten, Dinge durch den Kopf, während du daliegst und dem kaum hörbaren Atmen an deiner Seite lauschst.

Nichts überstürzen!, ermahnt er sich, keine falschen Hoffnungen in mir wachsen lassen (und keine in Monique schüren, man konnte ja nie wissen, als was sie sich gleich, bei Tageslicht nun, oder entpuppen würde, wäre man ein wenig länger als bloß eine Nacht und eventuell einen Tag zusammen!). Seine Hoffnungen also, Felix hat das nicht bloß einmal erlebt, könnten unter Umständen jäh zerstört werden, kaum hätte er die Augen geöffnet! Ich bedaure es zutiefst, könnte Monique, zum Beispiel, mit etwas zerknirschter Miene sagen, einer Maske gleich ihr Gesicht, hinter der jedoch unschwer die Wahrheit zu entdecken wäre (allenfalls offener ihre Mimik oder deutlich zu erahnen: du bist nicht mein Typ, du hast das falsch verstanden, ich sehnte mich nur nach etwas Sex, wollte nicht allein sein in dieser Nacht, aber eine Beziehung?, nein, danke!), die Augen niedergeschlagen: Ich muss gleich weg. Sie würde, um ihn nicht zu verletzen oder zumindest nicht zu sehr (Monique ist ein anständiger Mensch: darin ist er sich sicher), bestimmt eine vor Wochen bereits eingegangene Verpflichtung anfügen oder vorschieben: Ich habe im Unwissen darüber zugesagt, was sich aus heiterem Himmel ergeben hat, ich bin schließlich keine Hellseherin.

Natürlich würde er mitspielen, dies steht für Felix außer Frage: Wie bedauerlich, aber ist da wirklich nichts zu machen?, sage doch einfach ab, schiebe Kopfschmerzen vor oder Migräne oder unerwarteten Besuch, irgendetwas wird uns doch einfallen! Selbstredend weiß er jedoch haargenau, das Muster derartiger Dialoge ist ihm wohlbekannt, was sie antworten würde: Das gehe leider nicht, sie habe ihr Kommen versprechen müssen bei allem, was ihr heilig sei, nein, dich einfach mitzunehmen, ist leider unmöglich, sie rufe ihn jedoch sofort an, wenn sie zurück sei, dies bestimmt, versprochen!, allerdings könnte dies dauern, Geduld also, mein Lieber, Geduld, Geduld, Geduld!, denn eventuell übernachte sie dort, wo sie erwartet werde. Sehnsüchtig, würde sie wohl anfügen, denkt Felix, um die Unaufschiebbarkeit ihres Aufbruchs zu unterstreichen. In dieser Variante, Worst-case-Szenario nannte man dies, hatte er in seiner Firma gelernt, würden sie sich stumm anziehen (würden sie noch gemeinsam frühstücken?, wohl kaum: leider habe ich dazu keine Zeit mehr, der besorgte Blick auf die Armband- oder die Wanduhr, eigentlich sollte ich bereits weg sein, schade, wäre ein wirklich schöner, ein stilvoller Abschluss unserer gemeinsamen Nacht gewesen), sich eventuell zum Abschied wenigstens (hastig oder innig?) küssen, wonach er ziemlich traurig, sich einsam und verlassen fühlend, in seine Wohnung hinunterführe und den ganzen Tag und die halbe Nacht, streng genommen die ganze, denn er schliefe zwischendurch auf dem Sofa bestimmt und wie immer ein, in seinem langweiligen Wohnzimmer sitzen würde, ohne das Telefon auch nur für einen winzigen Augenblick aus den Augen zu lassen. Sehnlich würde er auf ihren Anruf warten, der natürlich ausbliebe. Und ich Esel habe nicht nach ihrer Telefonnummer gefragt!, müsste er sich ärgern (auf den Merkzettel, für den Moment zwischen anziehen und verabschieden: sie darum bitten), gleichzeitig aber zu faul oder zu schüchtern oder zu diskret sein, um einfach zu ihr hochzufahren und an ihrer Tür zu klingeln.

Er wischt die trüben Gedanken beiseite: Solange er mit geschlossenen Augen liegenbliebe, sagt er sich, könne sie ihm keine Botschaft übermitteln, die ihn deprimieren könnte. Und er sich gleichzeitig besser darauf vorbereiten, wie er allenfalls kontern wollte. Vielleicht sollte ich es gar nicht so weit kommen lassen, fällt ihm ein, mich also ihr zuwenden (und dabei allenfalls so tun, als geschehe dies im Halbschlaf), sie in meine Arme nehmen und sie zu streicheln und zu küssen beginnen, bis sie selbst den letzten Einwand vergessen hätte, den sie sich zurechtgelegt haben könnte. Allerdings beginnt sich just in diesem Moment ein gewisser Druck seiner Blase bemerkbar zu machen... Lange also ließe sich das Öffnen der Augen nicht mehr hinauszögern, und Felix vermutet gleichzeitig, lange bliebe Monique ebenso wenig derart ruhig neben ihm liegen, als wolle sie vermeiden, dass er ihre Anwesenheit überhaupt wahrnähme.

Zurück kehren seine Gedanken, wandert seine Befürchtung zu seinem, er kennt sich und die Botschaft, die ihm der Körper sendet, lebt man allein, fehlt es nicht an Zeit, sämtliche Botschaften des Leibes kennenzulernen und sich den sich daraus ergebenden Folgerungen, Wünschen, Notwendigkeiten zu stellen, sich wahrscheinlich schnell zum Problem auswachsenden körperlichen Bedürfnis: Käme Monique, fragt er sich, ihm und seinem akuter werdenden Drang allenfalls zuvor, indem sie ihm, kaum würde er die Augen auch nur einen Spalt breit öffnen, mit ihrer zarten Hand, die Erinnerung: wie sanft sie ihn, wo überall sie ihn damit berührt und gestreichelt hat im Verlaufe der Nacht!, über die Wange fahren und ein entschuldigendes »Ich muss mal« hinhauchen würde, bevor sie behände das Bett verließe, um ins Bad zu eilen? Gewiss fände sie eine elegantere Formulierung etwa in der Art der nach einer Liebesnacht am Morgen danach und bereits beim Erwachen stets perfekt geschminkten und frisierten Schauspielerinnen in jenen Filmsequenzen, die er mitunter ungewollt mitbekam: »Ich bin gleich wieder bei Dir, mein Liebster.«

Was könnte er antworten? Die nächste, auch dies keine einfache Hürde, wie ihm scheint.

Vielleicht witzig angesichts der Tatsache, dass sie sich in Moniques Wohnung und in ihrem Bett befinden: »Nur zu, fühle dich wie zu Hause«?

Ja, denkt er, dies oder etwas in dieser Art könnte in dieser Situation durchaus passend sein.

Damit jedoch, dass er sich eine passende Entgegnung zurechtgelegt hat, ist für Felix die Angelegenheit an sich beileibe nicht ausgestanden! Angenommen, Monique bliebe liegen, und er sähe sich somit aus den genannten Gründen gezwungen, das Bett vor ihr zu verlassen: Wie sollte er sich verhalten? Sich über die Kante des Betts beugen in der Hoffnung, seine Unterhose läge irgendwo am Boden herum, er könnte sie also ergreifen, sie diskret unter die Decke manövrieren, sie über die Beine hochziehen und seinen Unterleib hineinzwängen? Aber hatte Monique ihm nicht die Hose, mein Gott, die Bügelfalte!, er würde sie später zweifellos aufbügeln müssen, inklusive Unterhose schon im Flur ausgezogen, wo beides wohl noch läge? Sollte er also tun (nachgerade tun müssen!), als sei dies für ihn das Natürlichste der Welt: sich splitternackt auf den Weg ins Bad zu machen? Man kannte sich doch eigentlich noch gar nicht! Gewiss, sagt sich Felix, wir haben miteinander geschlafen, aber berechtigt einen das, am Morgen danach nackt durch die Wohnung der neuen Bekanntschaft zu rennen? »Welch nettes Ärschchen«, würde sie vielleicht hinter ihm herrufen, ob die Feststellung in ihrem Urteil denn zuträfe oder nicht, oder eher, er wurde den Eindruck nicht los, letztlich sei Monique nicht nur ein höflicher (und sehr sinnlicher!), sondern in Alltagsdingen gleichzeitig ein pragmatisch, nüchtern denkender Mensch: »Aber nicht im Stehen pinkeln!« Oder sollte er den Versuch unternehmen, sich in die dünne Bettdecke einzuwickeln, um sich allenfalls lächerlich zu machen dabei, wie er zur Türe stolpern und, ein schrecklicher Gedanke!, auf halber Strecke eventuell sogar hinfallen würde? Ebenfalls undenkbar, diese Variante! Abgesehen davon liegen wir, sieht Felix sich gezwungen, sich an der Realität zu orientieren, unter einer einzigen, unserer gemeinsamen Decke, Monique bliebe also nichts, womit sie sich bedecken könnte, würde ich die Decke für den Gang zum Bad für mich allein beanspruchen. Er habe sich seit Jahren nicht mehr in einer derart delikaten Situation befunden, muss Felix sich eingestehen.

Und erkennt: Er weiß nicht weiter!

Zum Kussmund geformt sind eventuell ihre Lippen, malst du dir aus: Soll ich, soll ich nicht?, frage sich Monique derweil: Wie wird er reagieren, bevor der sachte Druck seinem Hirn als hingehauchter Kuss gewahr wird? Wird die Hand, wird sie befürchten oder in Betracht ziehen, des friedlich neben mir Dösenden ausholen zu einer groben Wischbewegung in der noch halbwegs von seinen Träumen geprägten Annahme, es gelte, eine Fliege, eine lästige Mücke, eine Biene oder Wespe zu verscheuchen? Oder wird er lächeln und mich an sich ziehen und werden wir uns, wie sehr ich mir dies wünsche, gerade an diesem Morgen!, schmusend und liebkosend und liebend in den freien Samstag hineingleiten lassen? Und auch Monique wüsste, bist du überzeugt, sie würde sich nicht mehr allzu lange von solchen Lappalien aufhalten lassen können. Sie wäre derzeit also mit ziemlicher Sicherheit ebenfalls mit der Frage beschäftigt, stellst du dir vor, wie sie dir bedeuten könnte, sie müsse mal eben für einen kleinen Augenblick verschwinden. Und auch Monique, denkst du dir aus, könnte sich genau in dieser Minute ebenfalls an Filme erinnern, die sie sich abends oder spätnachts im Fernsehen angeschaut hat, und sie könnte sich deshalb allenfalls fragen, ob sie, kaum hätte sie ihm angekündigt, dass sie dringend ins Bad müsse, die Decke züchtig bis zum Kinn hochziehen und sich halbwegs von ihm wegdrehen sollte, um den Morgenmantel zu fassen zu kriegen, der, oh Wunder, neben ihrem Bett am Boden läge oder über dem Stuhl hängen würde, der sich in Armlänge vom Bett entfernt befände (so war dies doch im Film praktisch immer!) und den sie noch im Aufstehen überziehen könnte, sodass ihr Körper bis fast zu den Knöcheln bedeckt wäre, ehe sie sich ganz erhöbe, um zur Tür zu eilen. Oder sollte sie, nackt, wie sie nun einmal war, aber wird Felix mich nicht für völlig schamlos halten?, gemessenen Schrittes durch das Zimmer gehen wie eine Königin, die gleich vor dem Parlament eine wichtige Ansprache halten wird?

Felix merkt: Er würde auch deshalb die Augen öffnen müssen, weil er neugierig darauf ist, was sich ereignen würde, wie sich ergäbe (oder unterbliebe), was unausweichlich zu sein scheint. Aber noch glaubt er, ihm stünde genügend Zeit zur Verfügung, den eigenen Entschluss reifen zu lassen: Der Druck der Blase schien sich ein wenig abgeschwächt zu haben.

Bloß vorübergehend, weiß Felix indessen.

Iris

Wie ich mein Verhältnis zu oder mit Felix Amboden umschreiben würde? Kein Kommentar! Ich bin der Ansicht, man sollte ruhen lassen, was allenfalls gewesen sein könnte (denn dass man mir diese Frage überhaupt stellt, nährt die Vermutung, jemand gehe davon aus, wir hätten tatsächlich eine Art Beziehung gehabt. Das kann nur Felix verbreitet, sich ausgedacht, sich eingebildet haben!).

Vier

I

Was ihm ein glücklicher Ausgang dieser Nacht wäre, dieser einen, dieser ersten nach so langer Zeit, nach der er sich gesehnt, vor der er sich aber auch gefürchtet hatte, fragt er sich.

Eine Affäre, zumal das Wort in seinem Verständnis einen allzu negativen, einen abschätzigen Beiklang hat, mag er nicht nennen, was ihm geschehen ist, was sie gemeinsam genossen haben, was hoffentlich noch nicht verflossen sei, im Begriff, in die Vergangenheit abzugleiten oder sich zumindest im Ab-, im Ausklingen zu befinden. Lieber nicht! Weitaus besser gefiele ihm: in Entwicklung. Diese Vorstellung will er sich, begreiflicherweise, bewahren, selbst wenn er sich, als »das mit Lydia« geschah, mehr noch: seiner geschundenen Psyche zum Wohle, seiner Seele, der verletzten, eher: verwirrten, versprochen, ja: geschworen!, hatte, sich nie, niemals!, mehr auf jemanden einlassen zu wollen. Denn es hatte ja nicht bloß er gelitten, dies war ihm im Verlauf der Zeit klar geworden. Lydia einerseits vermutlich eher ab einem gewissen Zeitpunkt ihrer Beziehung, musste er annehmen, er andererseits umso mehr nach deren Ende, als er sich der Folgen bewusst wurde und hatte erkennen müssen, dass ihm keine Alternative geblieben war, er sich vielmehr auf diesen Abgrund zubewegt hatte, als befahre er eine festgelegte Route auf Schienen, die geradewegs auf das Nichts zuführten, alles ferngesteuert, ohne die Möglichkeit, wenigstens die Geschwindigkeit zu bestimmen, einzugreifen, abzubremsen, anzuhalten, eine kurze oder längere Pause einzuschalten, um in Ruhe nachdenken zu können.

»Weißt du«, hast du dich John in einem der wenigen Momente, in denen dir danach war, ein wenig geöffnet, du hattest ihn soeben um die Unterlagen zu einer Untersuchung gebeten, die er vor ungefähr einem Jahr durchgeführt hatte, »es gibt da offenbar signifikante Abweichungen zu meinen eigenen Zahlen, die ich in den vergangenen Wochen für einen anderen Teil des Landes erhoben und ausgewertet habe«, und John horchte, als du nahtlos dieses nachdenkliche »Weißt du« angehängt hast, sofort auf, denn er konnte durchaus unterscheiden zwischen deinem geschäftlichen und dem Tonfall, der dem Privaten vorbehalten war, »was das Schlimmste ist an meiner Situation, nämlich das, woran niemand zu denken scheint, beziehungsweise: worüber man kaum je spricht mit dem lausigen, völlig falschen Argument: Du bist über fünfzig, was soll das Gejammer also?«

John schüttelte den Kopf.

»Dass man von der Lust auf Intimität, auf Sex, auf Liebe, auf das Schenken und das Beschenktwerden, auf das Geben und das Nehmen, das volle Programm also, beinahe zerfressen wird, ganz so, wie dies mit vielleicht fünfzehn oder achtzehn oder zwanzig Jahren war.«

John, er gab sich amüsiert (denn er, bekanntermaßen kein »Kostverächter«, kannte deine Pein höchstens vom Hörensagen), riet dir wie aus der Kanone geschossen: »Geh doch in einen Puff!«, obwohl er sehr wohl wusste, deshalb sein Grinsen, dies wäre kein Ausweg für dich. Also schob er nach: »Du bist ein Mann, verdammt noch mal, und das bleibst du. Ob du alleine lebst oder in einer Beziehung. Und ich denke, es gibt genügend Frauen da draußen«, er wies mit einer weit ausholenden Bewegung seines Arms auf das Fenster eures Büros, vor dem hohe Bäume das Tageslicht derart brutal abschirmen, dass ihr das ganze Jahr über bei künstlichem Licht arbeiten müsst, »die sich ebenso nach Zärtlichkeit, sich danach sehnen, mit jemandem zu schlafen und nicht alleine aufwachen zu müssen, von jemandem, dazu bist du doch prädestiniert, in die Arme genommen zu werden, du musst sie bloß finden. Aber daraus wird nichts, wenn du dich weiterhin in deiner Wohnung verkriechst. Also: Unternehme irgendetwas, damit sich das Alleinsein nicht zu Einsamkeit auswächst, das geschieht schneller, als man denken kann! Du musst, will ich damit, einfach ausgedrückt, sagen, endlich wieder unter die Menschen gehen, ausgehen, dich amüsieren.«

Doch war John dies ebenfalls klar: Das wolltest du nicht. Nicht in deiner gegenwärtigen Verfassung.

Nicht zu jenem Zeitpunkt.

Aber gesät war wohl damit, was dich am Vortag nun dazu gebracht haben könnte, die Einladung zum Feierabendbier im Kreise deiner Arbeitskollegen nicht auszuschlagen.

»Wie konnte ich es nur so lange mit einem Menschen wie dir aushalten!«, hatte Lydia gebrüllt, Verachtung, nahe zum Hass in ihrer Stimme. »Ich habe mich ganz offensichtlich getäuscht, wir beide vielmehr haben uns etwas vorgemacht, als wir dachten, uns einredeten, wir seien geschaffen füreinander, wir könnten gemeinsam alt werden. Ein Missverständnis. Ein Trugschluss. Eine Idiotie, wie konnten wir nur! Und mit fatalen Folgen, wie man sieht. Ich habe lange die Augen verschlossen, ich wollte es einfach nicht wahrhaben, nicht einsehen; nun jedoch kann ich nicht mehr. Ich bin am Ende. Ich ertrage dieses Leben mit dir nicht länger. Dein grässliches Schweigen, das ich allzu lange als unablässigen, schwerwiegenden Vorwurf auffasste! Ich habe gedacht, und dies hat mich beinahe aufgefressen, es läge an mir, ich sei es, die etwas falsch gemacht, dich verletzt, etwas getan oder unterlassen, gesagt oder verschwiegen hätte, was dich bewogen haben könnte, dich von mir abzuwenden, und ich habe Tag und Nacht mein Hirn zermartert, was ich dir angetan haben könnte.«

»Du hast nichts falsch gemacht«, hatte er antworten wollen, jedoch war kein Wort über seine Lippen gekommen. Wie hätte er den wahren Sachverhalt auch erklären sollen, wo er doch selber nicht genau wusste, woran es lag, dass er sich so und nicht anders verhalten hatte?

»Ich begehre dich noch immer«, sagte er stattdessen nach einer (zu) langen Pause (und was zwar der Wahrheit entsprach, jedoch nichts nur Klärung der Situation beitragen konnte, sondern sie eher komplizierte).

»Sei bloß still!«, fuhr sie ihm sofort ins Wort, »du machst alles nur noch schlimmer!« Und eventuell schrie sie weiter, du könntest es vergessen, verdrängt haben: »Was glaubst du, wer du bist? Meinst du wirklich, du könntest mich tage-, nein: wochen-, monatelang anschweigen und dann einfach behaupten, du liebtest mich noch immer und alles wäre wieder gut? Was bist du doch für ein jämmerlicher Idiot!« Sicher jedoch verkniff sie sich den Nachsatz, sie wollte ihm keinerlei Hoffnung machen!: »Oder beweise es mir. Schlafe mit mir. Jetzt. Sofort. Auf der Stelle! Gleich hier im Flur!«

Du hattest dir längst ausgemalt, was geschehen würde, käme es eines Tages zum Eklat. Ihn nämlich hattest du durchaus vorhergesehen, ihm entgegenzutreten, ihn abzuwenden, dazu warst du jedoch nicht in der Lage gewesen, als es noch nicht zu spät war. Du warst gelähmt wie das Mäuschen beim Anblick der Schlange, das weiß, es würde gleich verschlungen werden und trotzdem nichts dagegen unternehmen kann.

Nur, wer dich besonders gut kennt, dürfte wissen, dass deinen Tagträumen fast immer eine gewisse romantische Komponente innewohnt, dass du zuweilen schönfärbst, verklärst, ob du dies beabsichtigst oder nicht. Selbst im Grunde wenig fröhliche Überlegungen und traurige, tragische, schreckliche Ereignisse werden in dieser Betrachtungsweise abgemildert oder erscheinen in einem, zuweilen und erstaunlicherweise, völlig anderen Licht (doch all dies verrät meist mehr über dich, als du wahrscheinlich beabsichtigt hast). Und so hast du dir eine etwas eigenwillige mögliche, die unmittelbar auf den Streit folgende Fortsetzung deines Lebens zurechtgelegt, die du sogar, quasi als Beginn einer kleinen Geschichte, deiner »Memoiren« (welcher Lebensbericht orientiert sich denn schon ausschließlich an der, zu oft, ausgesprochen langweiligen Wahrheit?) in deinen Computer getippt hast (diese dir neue Angewohnheit hast du in der Folge kultiviert, allenfalls aus der unbewussten Erkenntnis heraus, dass dies der Selbsttherapie dient). Während der Arbeitszeit vorerst! Ein ungewöhnliches Verhalten, denn bis zu diesem Zeitpunkt hattest du kaum je das Büro zur Erledigung persönlicher Dinge benutzt. Aber die Situation, in der du damit begonnen hast, war dann ja doch ziemlich außergewöhnlich. Und außerdem hast du dir dadurch bislang den Kauf eines eigenen Computers sparen können, was nicht mit Knausrigkeit zu begründen ist, sondern in deiner von dir behaupteten privaten Abneigung gegen die Geißel der modernen Elektronik fußt.

Du hast dir also ausgemalt, du würdest, bevor der Streit weiter eskalierte (immerhin hätte Lydia dich, als sie dich anherrschte, nicht weiterzureden, beinahe geohrfeigt, dies jedoch mit Bestimmtheit unabsichtlich, so erschrocken wie sie in jenem Moment dreinblickte), aus der Wohnung rennen, die du danach nur noch einmal betreten würdest, nämlich, um die wenigen Dinge zusammenzupacken, die du trotz allem in deinem neuen Leben nicht missen wolltest (»den ganzen übrigen Kram kannst du behalten oder aus dem Fenster oder in den Müll werfen, mache damit, was du willst«), die Tür hinter dir zuknallen, und ziemlich aufgelöst und bis weit in die Nacht hinein durch die Straßen irren, bis Regen einsetzen würde und du, nass bis auf die Knochen, just in dem Augenblick, als du beschlossen hättest, dir für den kärglichen, verbleibenden Rest der Nacht eine Unterkunft zu suchen, vor einem Hotel stündest, einer billigen und dürftigen Absteige, wie sich schnell herausstellen würde.

Der Concierge würde ein verwaschenes T-Shirt und darüber eine offene, ziemlich mitgenommene Lederjacke tragen und wäre ein fetter, unappetitlicher Kerl um die vierzig mit einer Stirnglatze, strähnigem, speckigem, sichtlich ungepflegtem, über die Ohren fallendem Haar und schlechten Zähnen, zwischen die er einen Zahnstocher geklemmt hätte, und er würde dich, den triefendnassen, sehr (um nicht zu sagen: verdächtig) späten Gast, von oben bis unten mustern, Verachtung im Blick: »Was willst du?«

»Ein Zimmer.«

»Für dich allein?«

»Natürlich!«

»Kein Gepäck?«

»Nein, verdammt!«

Unter deinen Füßen hätte sich das Regenwasser, das an dir herunter flösse und aus deinen am Körper klebenden Kleidern triefen würde, zu einer sich bedrohlich rasch ausbreitenden Lache versammelt.

»Wir vermieten nur stundenweise.«

»Hören Sie, mir steht der Kopf nicht nach Spaß«, würdest du ihn ziemlich mürrisch und rüde zurechtweisen. »Meine Partnerin hat mich aus der Wohnung geworfen.«

Der Concierge würde sein schadhaftes Gebiss mit mehrheitlich gelben und bräunlichen Zahnstummeln blecken, was wohl ein Grinsen darstellen sollte, ihn aber noch hässlicher und bedrohlicher aussehen ließe, und dich mit seinen rotunterlaufenen Augen ein weiteres Mal von oben bis unten mustern, jetzt jedoch, würdest du erkennen und entsprechend erleichtert sein, etwas freundlicher, zugänglicher gestimmt: »Das ist allerdings ein Argument. Macht einen Hunderter. Im Voraus und Cash. Keine Karten.«

Dankbar würdest du den sperrigen, altertümlichen Schlüssel entgegennehmen, der dir vollends verriete, in welch schäbige Absteige du geraten bist, dich auf dein Zimmer begeben, nach einem kurzen Augenschein indessen unbändige Lust auf ein Bier bekommen, die knarrenden Treppen vom vierten, dem Dachgeschoss, wieder hinuntersteigen, unterwegs begleitet von Geräuschen, die dir die Bedeutung der »stundenweisen Vermietung« der Zimmer erschlösse, und den Concierge schließlich fragen: »Gibt's hier irgendwo noch ein Bier?«

»In meinem Kühlschrank«, würde der mit gelangweilter Miene antworten, ohne sich zu rühren, bevor ihr euch auf den, unverschämt hohen (was dir völlig egal wäre), Preis und zusätzlich darauf geeinigt hättet, dass du ihn einlädst.

Du stündest vor dem abgegriffenen, fleckigen Brett, er hätte sich wieder in sein winziges Kabäuschen gesetzt, das durch die ziemlich wackelige Holzkonstruktion abgetrennt wäre. »Auf die Freiheit!«, würde sein Trinkspruch lauten, und du natürlich vermuten, er wolle damit auf dein soeben beendetes Verhältnis mit Lydia anstoßen, weshalb du einwenden würdest: »Ich liebe sie noch immer.«

Darauf er: »Das meine ich nicht! Eine Lappalie! Du musst dich vielmehr von allen anderen Fesseln befreien, die dich daran hindern, wahrhaftig zu leben.« Und er würde dir erzählen, er habe ein Studium in Wirtschaftswissenschaften hinter sich, »und es cum laude abgeschlossen«, und habe danach während einiger Jahre für ein großes, internationales Unternehmen gearbeitet, bis er erkannt habe, was da abgehe: »Die schaufeln sich alle gegenseitig ihre Vorteile zu. Politik, Wirtschaft, Kirche, Gesellschaft, alles von einem einzigen Klüngel korrupter

Schweine beherrscht, der das Volk nach Strich und Faden und in voller Absicht verarscht und ausnimmt. Wenn du das erst erkannt hast, kannst du dieser Welt nur noch mit Verachtung begegnen. Und aussteigen. Wie ich es getan habe.«

In den kommenden Tagen würdest du die wenigen weiteren Dauergäste kennenlernen, hast du dir ausgemalt: sie allesamt, was man gemeinhin »windige Typen« nennt, ausgestiegen oder ausgestoßen aus dieser unmenschlichen Gesellschaft, aber im Prinzip herzensgute Menschen, etwas verschroben, eigen (und es erschiene dir, als wärest du ihnen allen bereits einmal begegnet, kommst aber nicht darauf, wo und unter welchen Umständen), mit Ansichten und Meinungen, die dir erst beim zweiten Hinhören gefallen, obwohl sie dir keineswegs unbekannt sind.

Je länger du in dieser Absteige bliebest, desto weniger würde es dich gelüsten, auch nur noch dieses eine, ein letztes Mal in die gemeinsame, diese prächtige, protzige, begännest du sie zu nennen, Altstadtwohnung zurückzukehren, die Lydia und du bewohnt habt, und immer weniger von dem, was dir gehört, erschiene es dir wert, von dort an einen noch unbekannten neuen Ort gebracht zu werden. Und du begännest, in den Stunden, die du allein auf deinem Zimmer verbringen würdest, ganz ernsthaft mit dem Gedanken zu spielen, alles hinzuschmeißen und wegzugehen, zu gehen, immer weiter und weiter, wobei der Weg dein einziges Ziel wäre...

Doch nun, eventuell auf der Schwelle zu einem nochmals anderen, zu einem glücklichen neuen Leben, was wollte er sich der Ereignisse jenes Tages in dem schicken Altstadt-Appartement weiter erinnern (ja, Lydia hatte natürlich Recht behalten: nachdem er vier- oder fünfmal trotzig die vielen Stufen zu Fuß bezwungen hatte, die ins sechste Stockwerk führten, war er dankbar und einigermaßen zerknirscht in den Fahrstuhl getreten, von dem er sich fortan bequem bis in den Flur ihrer Attika-Wohnung gleiten ließ). Was vorbei war, müsste nun endgültig vorbei sein! Die Albträume fänden, sollten sie trotzdem je wiederkehren wollen, ohnehin zurück zu ihm. Das Glück ist launisch und mag sich zieren oder verstecken oder gänzlich ausbleiben, über eine gewisse Zeitspanne oder für den Rest eines Lebens, das Unglück aber findet einen stets und überfällt einen rücksichtslos, hat er im Verlaufe der Jahre lernen müssen. Trotzdem: Die Vergangenheit hatte definitiv keinen Platz in diesem prächtigen, diesem, glaubte Felix trotz seiner nach wie vor geschlossenen Augen zu erkennen, sonnenhellen, diesem mit Sicherheit friedlichen Morgen.

Die kleine Freundlichkeit, der leise, der unhörbare Gruß, in seinen Halbschlaf hineingetragen, lässt in ihm das letzte, ein ohnehin diffuses Bild eines in diesem winzigen Bruchteil einer Sekunde vergessen gehenden Traums entschwinden. Es war ohnehin eher Kontur, denn ein Gemälde, ein Foto, eine Filmsequenz gewesen, die sich auflöst und im lichten Hintergrund zerfließt. Also widersetzt er sich dem Versuch nicht, sich dem Wachzustand entgegen zu lenken und unterdrückt den Wunsch, festzuhalten, sich daran zu klammern, was in ihm, obwohl das Traumbild sich höchstens als Ahnung offenbarte, einen Eindruck erweckt hatte, auf den er glaubt, mit Fug und Recht verzichten zu können. Der Anflug von Sprache jedenfalls, der sein Ohr erreicht hat, verführt die Enden seiner geraden, schmalen Lippen dazu, sich an ihren Enden zu einem vorläufig vorsichtigen, zu einem bescheidenen, in seiner Botschaft indessen klaren Bogen zu formen: ein Lächeln, eines seiner seltenen, zumal beim Erwachen. Und er stürzt sich sogleich, freudig, erwartungsfroh, motiviert, in sein nächstes Projekt: Die Wohnung! Jene, die Monique bewohnt. Insbesondere: Wie sähe es aus, das Zimmer, in dem er so bequem und ausgesprochen wohlig liegt, diese unbekannte Welt, in die er unvermittelt und unvorbereitet eingetreten ist?

Gewiss: Er könnte (und ihm stünde demnächst ohnehin keine Alternative offen: das Bedürfnis, das ihm sein Körper meldet und das wieder drängender wird!) einfach die Augen öffnen. Dies wäre das Naheliegendste. Ihm jedoch erscheint diese Variante als zu banal; es drängt ihn seit jeher kaum, stets sogleich wissen zu wollen: Dieses trostlose Wissen, wie kläglich es sich doch ausmacht neben dem freudig erregten, dem erregenden, alles zum Vibrieren bringenden, dann und wann scheinbar heftige Fieberschübe gar auslösenden Erwarten! Dies hat er bereits in frühen Lebensjahren erkannt und die ihm aus dieser Erwartung, der Vorahnung, der Vision, den Produkten seiner Phantasie erwachsende Lust genüsslich ausgekostet. Als Kind hatte er sich deswegen um ein Haar zum Psychiater oder Psychologen schleppen lassen müssen, weil er nämlich so gar keine Neigung gezeigt hatte, zum Beispiel sogleich über die Geburtstags- oder Weihnachtsgeschenke herzufallen, kaum wurden sie ihm überreicht. »Das ist doch nicht normal!«, hatte seine Mutter verzweifelt ausgerufen und die Hände in schierer Verzweiflung über dem Kopf zusammengeschlagen: »Was mache ich bloß mit dem Bub?« Nur dank seines Großvaters (sein Vater hatte sich praktisch immer, wenn es um, simple, Erziehungsfragen ging, aus der Diskussion herausgehalten) war ihm damals erspart geblieben, sich einer fremden Person gegenüber über ein Verhalten auslassen und es allenfalls lang und breit erklären und diskutieren zu müssen, das er als völlig normal oder mindestens als akzeptabel und weit entfernt von jeglicher Beeinträchtigung der geistigen Gesundheit empfunden hatte.

Der verblüffte, verunsicherte, rasch ins Spöttische wechselnde Blick des Concierge bliebe dir nicht verborgen: »Und nach allem, was du mir erzählt hast«, es wäre mittlerweile vier Uhr früh und ihr hättet den, allerdings ziemlich bescheidenen, Vorrat an Bier im Kühlschrank leergetrunken, »willst du mir nun also tatsächlich weismachen, dass du bei diesem beschissenen Multi ausgerechnet als Statistiker arbeitest? So betrunken kann man gar nicht sein, um dir das zu glauben!«

Obwohl Felix im weiteren Verlauf seines Lebens nicht verborgen geblieben ist, wie enttäuschend sich mitunter nach den bunten Bildern der Illusion die nackte Realität ausnimmt, ist es ihm viel lieber geblieben, sich in allen Schattierungen und Nuancen vorzustellen, auszumalen, sich zurechtzulegen, was seine Augen erblicken würden und könnten und was allenfalls zu erwarten wäre, würde er sich einer nach seinen Ideen ausgestalteten Welt stellen, als sich von vornherein auf das Grau, eine gewisse Eintönigkeit und Gleichförmigkeit einzustimmen, die einen im wahren Leben leider nur allzu oft erwartet: Immer weiter vorzustoßen in die Traumgebilde, dieses und jenes und immer mehr und wieder etwas und noch eine Kleinigkeit zu addieren zum bereits Erdachten, die Skizze mit Akribie auszumalen, den Schatten Kontur, den Gesichtern Ausdruck, den Körpern Form, der Landschaft Gestalt zu verleihen und den Menschen Stimme zu schenken, sie dazu zu bringen oder zu verdammen, zu reden, sich zu erklären, sich herauszuwinden, zu gestehen, zu lügen, die Wahrheit zu sagen, die Wahrheit und nichts als die Wahrheit: Du arbeitest so lange an deiner imaginären Welt, bis sie sich so real ausnimmt, dass du mitunter um ein Haar vergisst: Du bewegst dich ausschließlich in deiner Phantasie.

»Aber das ist es ja gerade«, würdest du, eifrig, eine mit der Flamme der Erkenntnis vorgetragene Botschaft, erwidern: »Nur, indem ich mich im Alltag auf nackte Zahlen abstütze, die keinerlei Phantasie zulassen, kann ich überleben. Die Trennung zwischen meinem eigentlichen und jenem Ich, das den Bedingungen der Gesellschaft gehorcht, die besagen, man habe sich den Lebensunterhalt durch eine, unter Umständen sinnfreie, Tätigkeit zu verdienen, erlaubt es mir, mein eigentliches Sein, gehütet wie einen geheimen Schatz, zu bewahren.«

»Und weshalb«, könnte der Concierge noch fragen, dabei auf die Uhr blicken und dich auffordern, dich kurz zu halten, denn er habe gleich Feierabend, »verbirgst du dein wahres Ich vor der Welt? Befürchtest du nicht, dich dadurch mitschuldig zu machen an dem, was hier vorgeht oder unterbleibt?«

Wie Monique wohnt also, lautet die zentrale Frage, die sich ihm, die nächste Herausforderung, die sich seiner Vorstellungsgabe stellt. Immerhin liegt er, läge er?, welch infamer Verdacht!, zu seiner großen Überraschung und über ihn hereingebrochen wie ein angenehm kühlendes Sommergewitter nach einem schwülen Tag aus beinahe heiterem Himmel, weit ausgebreitet und wohlig in einem fremden Bett, in der Wohnung von Monique, die er am Vorabend kennengelernt hat, nackt befinden sich Monique und er unter einer gemeinsamen, der luftigleichten Decke für warme Frühlings- und Sommernächte. Als One-Night-Stand will er diese Nacht nicht bezeichnet wissen, das steht fest; er war nie der Typ dafür gewesen, stets hatte er sich, Gegenwehr aussichtslos, augenblicklich verlieben müssen, und dies bis über beide Ohren. Ich Idiot!, hatte er sich oft genug ausgeschimpft. Die spielerische Leichtigkeit des körperlichen Liebens ohne Auswirkungen auf das Fühlen und Denken, das unablässige Hoffen und ein unschuldiges, niemanden schädigendes, romantisches Sehnen, diese Kunst, so man sie als solche bezeichnen will, Sex und Liebe strikt auseinanderzuhalten, hat er nie beherrscht, andere jedoch mitunter um diese Gabe beneidet. Stets in Zwiespalt, wie er am Beispiel John feststellen musste, dem er seine zahlreichen, kurzen Affären (jene nach der Scheidung, was John sich zuvor herausgenommen hatte, war Felix aus moralischen Gründen zwar zuwider gewesen, gemocht und geschätzt hatte er seinen Büropartner jedoch trotzdem) zwar etwas neidet, sich gleichzeitig aber bewusst ist, er würde sein weiteres Leben keinesfalls nach diesem Muster gestalten können und wollen. Andrea, Bettina, Claudia, Dora, Elisabeth, Fiona, Geraldine, selbst sie, der Urlaubsflirt, mit ihr hatte er nicht einmal geschlafen!, Hanna, Iris, Jolanda, Katharina: Alle diese zum Teil sehr kurzen Beziehungen, mehr oder weniger flüchtige Begegnungen, hatten Wunden geschlagen und Narben hinterlassen auf der Oberfläche und in der Tiefe seiner Seele, ihm aber auch viele Eindrücke, Erfahrungen, Erlebnisse, und sie haben ihm Glück und Befriedigung für kurze Zeit, geschenkt. Nichts davon möchte Felix missen, weder Licht, noch Schatten, denn so war es nun einmal, das Leben: Beides gehörte dazu.

Von der Einrichtung des Appartements, das Monique bewohnt, wenigstens dessen Grundriss, davon zumindest konnte er ausgehen, entspräche so ziemlich oder vollständig jenem seiner eigenen Wohnung, hat Felix kaum etwas wahrgenommen in der Nacht. Und natürlich bis dahin keinen einzigen Gedanken darauf verschwendet. Klar doch! Dies war völlig bedeutungslos gewesen, verständlicherweise, er war schließlich nicht hierhergekommen, weil er zu einer Wohnungsbesichtigung eingeladen gewesen wäre. Eng umschlungen, sich haltend, umfassend, küssend, streichelnd, aneinander hängend, hatten sie spätnachts ihr Ziel, Haus II in der Siedlung »Am Bach«, erreicht. Nur selten war er in den letzten Jahren zu dieser Stunde noch angezogen und wach gewesen und kaum je zu derart fortgeschrittener Stunde erst nach Hause gekommen. Dass ob ihres anhaltenden und keineswegs unterdrückten Gekichers und Gelächters im verlassenen, langen, düsteren Flur, der zu Moniques Wohnung führt, niemand die Polizei rief, grenze wohl an ein Wunder, kommt Felix in den Sinn. Förmlich und gegenseitig hatten sie sich in ihre Wohnung geschoben und gezogen, nachdem es Monique endlich gelungen war, in absurden Verrenkungen und immer wieder abgelenkt von seinen ihr hochwillkommenen, von ihr freudig und hitzig erwiderten Kussattacken, die Tür aufzuschließen und sie so weit zu öffnen, dass sie sich, eng aneinander geschmiegt, durch die entstandene, schmale Öffnung zu zwängen vermochten. Wie verliebte Teenager!

Sie betrachtet den neben ihr Liegenden, Dösenden, Dämmernden, Schlummernden, den eventuell, was ihr indessen eher unwahrscheinlich scheint, noch tief Schlafenden. Er möge, stand dem weniger Ausgesprochenen, vielmehr eher Gedachten, ihrem zärtlichen Hallo, Pate, erst in Ruhe und mit Bedacht aus seinem Nachtreich zurückkehren und auf diesem kurzen oder längeren, den weiteren Tagesverlauf mit ziemlicher Sicherheit nicht weniger als entscheidend prägenden Wegstück möglichst sanft vorankommen und in bester, in Feststimmung eintreten in die auf ihn wartenden, die lichten, hoffentlich, sie würde alles unternehmen, dass nichts sie trüben könnte, vollkommen unbeschwerten Stunden. Was sie selber am meisten liebt an ihren freien Morgen, dieses Unbeschwerte, dieses von sämtlichen Zwängen der Arbeitswoche Befreite und somit die greifbare, wenngleich trügerische Zeitlosigkeit, sie soll ihm ebenso gewährt sein. Sich selber zu nichts zu zwingen oder zwingen zu lassen, bedeutet für sie gleichzeitig, einen Nächsten, ob er es sein wird nur für einen kurzen Moment im Leben oder über eine, etwas, längere Zeit, zu nichts zwingen zu wollen: So, ist anzunehmen, sieht ungefähr aus, was du dir als Auftakt in die kommenden Stunden wünschst.

Ocker, Brauntöne, ein bedecktes Rot, tiefes Grün, das schwere, satte Gelb der Sonnenblumen: das wären Moniques

Farben, sie sieht Felix vor sich und somit den Raum, in dem sie bequem ausgestreckt, noch immer ohne jegliche Berührung, liegen. Nichts Knalliges! Kein einziger Farbtupfer in einer schreienden Farbe! Nicht in dieser Wohnung! Denn Monique wäre (diese vorsichtige, zurückhaltende Formulierung: noch kennt man sich genau genommen kaum) kein lauter, kein nach außen gekehrter, kein darauf bedachter Mensch, sich überall und sogleich in den Mittelpunkt einer Gesellschaft zu drängen (aber auch keine dieser schüchternen Frauen, von denen man gleich annimmt, am liebsten wäre ihnen, völlig unsichtbar zu sein oder sogleich, die Erlösung!, im Erdboden versinken zu dürfen). Nicht oberflächlich? Anders als Lydia? Das pure Gegenteil? Weshalb denn vergleichen wollen! Felix, von außen ist ihm nichts anzusehen, wird kurz ärgerlich: Derartige Gedanken machen derzeit doch überhaupt keinen Sinn!

Monique hatte auf ihn gleich irgendwie herbstlich gewirkt am Vorabend: sein erster Eindruck von ihr, noch von seinem Standort am anderen Ende des Tresens aus. Dass mir keine gescheitere Umschreibung einfällt!, durchzieht der Hauch eines Ärgers, eine schnell sich auflösende Nebelschwade, sein Gehirn. Herbstlich muss er sich jedoch als durchaus treffend bestätigen, denn der Eindruck hatte sich aufrechterhalten, nachdem er, John und Norbert zu ihr und ihren beiden Freundinnen hinübergegangen waren. Herbstlich, warm, im Inneren, die Seele!, das Gemüt!, ein wirkungsvoller, ist Felix überzeugt, Schutz gegen das Wissen, rundherum könnte es rasch einmal kühl, kalt!, eisig!, werden in nächster Zukunft, über Nacht, unerwartet hereinbrechen: Schnee und Eis in Hülle und Fülle. Monique wäre es wichtig, sich im Wissen um diese lauernde, unabwendbare Gefahr die Herzenswärme zu erhalten, von der sie sich beschützt weiß vor jeglicher Unbill des Wetters selbst im längsten aller Winter.

Kerzen demnach, große, schwere, und zierliche, kleine, im Schlafzimmer, sodann, stünde zu vermuten, gar überall in der Wohnung, eventuell werden wir bei Kerzenschein ein gemeinsames Bad nehmen, goldglänzend ihre feuchte, zarte Haut, erkennt Felix im Geist, das flackernde Licht mit, unbewusst allenfalls, System angeordnet in einer Art und Weise, dass jeder Betrachter annähme, das sich ihm präsentierende Bild sei ganz zufällig, erst recht in dieser natürlichen Vollkommenheit!, entstanden. Eine große, eine großartige, eine bewundernswerte Kunst, die Monique beherrschen würde: Keine künstliche, sondern eine bei aller Planung und Absicht völlig natürliche Umgebung zu schaffen.

Seine Frage, nur eine von vielen, sobald und sofern sich überhaupt Gelegenheit dazu bieten sollte: Weshalb sie denn ausgerechnet hier wohne, ihr würde jede andere Umgebung entsprechen, nur nicht diese, die doch wohl Tag für Tag ihr Auge für das Schöne, Gediegene, Harmonische, Erhabene beleidigen müsse. Auf die Hülle, gäbe sie bestimmt zur Antwort, Felix vermag sie förmlich zu hören, käme es nun doch wirklich nicht an, was zähle, sei das Innenleben. Demnach: Haus II der Siedlung »Am Bach«, bröckelnder Beton, abblätternde Farbe an Balkonen, verschmierte Hausmauern, soweit hinauf, wie die mit ziemlich kärglichem Talent ausgestatteten Schöpfer dieser Graffiti halt greifen oder auf ihren Leitern steigen konnten, die kahle Leere zwischen den Häusern, alles kein Problem: »Schau dich um, ich gehe hindurch und begebe mich hier hinein, in mein kleines Paradies, meine gemütliche Höhle.« Und sie würde dabei lachen. Nicht überlaut, nicht blechern, nicht mit der Schärfe von billigem Plastik, ihr Lachen vielmehr, und somit, wird Felix erinnert: Ihre Stimme!, samten, dem Herbst angepasst, es war ihm kalt und heiß gleichzeitig geworden, selbst bei diesem lapidaren Satz: »Ich bin Monique, schön, seid ihr unserer Einladung gefolgt, dies ist Rose, unser Geburtstagskind, na ja, eigentlich erst morgen, also noch nicht gratulieren!« Die wenigen, diese mehr als banalen, aber zweckdienlichen Worte zur Einführung, die sie an John, Norbert und ihn gerichtet hatte, sie hatten Felix begeistert alleine der Stimme wegen, und somit, wie sie ausgesprochen wurden. Er war hin und weg gewesen. »Und die Dritte im Bund ist Veronique, wir sind Arbeitskolleginnen und Freundinnen«: Felix hatte an ihren Lippen gehangen, als verkünde Monique Weltbewegendes.

Vielleicht hatte Monique sich im weiteren Verlauf des Abends gar in der Richtung geäußert, der Herbst sei ihre liebste Jahreszeit. Daran jedoch vermag Felix sich nicht mit Bestimmtheit zu erinnern: Was gesprochen wurde, ist ihm bestenfalls nur vage im Gedächtnis haften geblieben. Was nicht nur im Alkohol begründet ist, den er in einer ihm ungewohnt großen Menge zu sich genommen hat. Eine Schande! Allerdings, ist sich Felix bewusst: Wäre ich nicht ein wenig (oder ziemlich) betrunken gewesen, ich hätte mich Monique wohl kaum in dieser Weise oder überhaupt nicht genähert.

»Und was tust du nun?«, würde der Concierge fragen, bereits im Begriff, in die hinteren Räume zu verschwinden, »sei mir nicht böse«, würde er zuvor gesagt haben, nicht mehr länger von oben herab, mittlerweile nachgerade freundschaftlich, kumpelhaft gestimmt, »aber ich muss mich aufs Ohr legen.«

»Das«, würdest du antworten, »werde ich auch tun, mich zuvor jedoch im Büro abmelden und irgendeine Krankheit vortäuschen. Erst der dritte Tag, den ich nicht zur Arbeit erscheine. Und dies seit Beginn meiner Ausbildung! Und der erste, den ich krank feiere.«

»Dein Scheißkonzern wird es überleben«, würde der Concierge lachen. »Und danach?«

»Ich werde mir eine neue Bleibe suchen. Und dann meine Sachen aus unserer Wohnung holen.«

»Der würde ich aber noch etwas zwitschern!«, ließe sich wohl der Concierge vernehmen. »Bei mir könnte die was erleben!«

»Ich sagte doch schon: Ich liebe sie noch immer.«

»Dann erklär ihr alles halt so, wie du es mir erklärt hast!«

»Das wird sie nicht verstehen«, würdest du, obwohl betrunken, nüchtern urteilen, »wer sich einen Schlafanzug kauft und dafür, ohne mit der Wimper zu zucken, einen knappen Fünfhunderter liegen lässt, der kann unmöglich erfassen, was mich bewegt.«

Jolanda

Eine langwierige Angelegenheit! Nicht unsere Beziehung, aber die Zeitspanne, bis es so weit war. Wir waren im gleichen Verband engagiert und sahen uns deshalb in unregelmäßigen Abständen, wenn wir zu den Vorstandssitzungen anreisten. Aus unterschiedlichen Ecken des Landes. Wir fanden uns gleich sympathisch. Doch bis er sich dazu überreden ließ, nach einer dieser fruchtlosen Besprechungen in mein Auto zu steigen und mit mir nach Hause zu fahren, dauerte es beinahe ein Jahr. Es war an einem Freitag, an den beiden folgenden Tagen brauchten wir also beide nicht zu arbeiten. Ab diesem Zeitpunkt konnten uns auch die langfädigsten, langweiligsten Debatten an diesen Sitzungen nicht mehr aus der Ruhe bringen: Wir wussten, wir würden anschließend zu mir fahren und uns so lange lieben, wie es die Zeit zuließ. Entweder brachte ich ihn in aller Herrgottsfrühe zum Bahnhof, damit er rechtzeitig am Arbeitsplatz eintraf, Pünktlichkeit war ihm ausgesprochen wichtig, oder wir, dies waren die schönsten Momente, liebten uns in den neuen Tag hinein und durch ihn hindurch. Weshalb es auseinander ging? Ist es eigentlich nicht. Er hat eines Tages den Vorstand verlassen. Vieles, denke ich, wäre anders gekommen, hätten wir uns überwinden können, aus dem losen Verhältnis eine ernstzunehmende Beziehung zu formen. Oder uns nicht dagegen zur Wehr gesetzt. Innerlich.

II

»Die eigentliche Party steigt zwar erst morgen«, sagte Monique, »aber wir dachten, es schade ja wohl kaum, ein wenig vorabzufeiern. Solange du Rose nicht heute schon gratulierst, du weißt schon, bringt Unglück…«

»Ich werde mich zu beherrschen wissen«, antwortete Felix mit gespieltem Ernst; er gab nichts auf diesen und so manchen anderen Aberglauben, wollte Moniques Wunsch aber, wenngleich augenzwinkernd, respektieren. Er hoffte, sie deute seine verschmitzte Miene richtig, die er dabei aufzusetzen versuchte. Ob ihm das spitzbübische Lächeln jedoch gelungen war? Felix erkannte: Er war nicht mehr geübt darin, spontan zu lachen oder zu schmunzeln, und nahm sich vor, in den kommenden Tagen seine Mimik vor dem Spiegel auf Vordermann zu bringen. Was ist bloß ich mich gefahren?, dachte er, überrascht von sich selbst, ich versuche doch tatsächlich zu scherzen! Zu flirten? Mich positiv darzustellen! Oder wenigstens nicht als der wortkarge, griesgrämige Sonderling dazustehen, als den man ihn, Felix war dies nicht verborgen geblieben, da und dort und hinter vorgehaltener Hand mittlerweile bezeichnete: Was ist denn bloß mit dem los in letzter Zeit?, tuschel, tuschel, tuschel.

Monique und er hatten sich einige Schritte entfernt von ihren Kolleginnen und Kollegen, die dies indessen nicht zu bemerken oder die sich daran nicht weiter zu stören schienen. Nicht absichtlich im Übrigen, es hatte sich einfach so ergeben. So jedenfalls erschien es Felix.

Monique stand mit dem Rücken zu ihren Freundinnen und seinen Kollegen, drehte sich in der kleinen Gesprächspause, die zwischen ihnen entstand, nun allerdings halbwegs um und hob ihr Glas: »Ein Hoch auf unser Küken, ein Hoch auf Rose!«, rief sie den fröhlich parlierenden Mitfeiernden zu. Felix ertappte sich dabei, dass er die Gelegenheit nutzte, als Monique sich ihm im Profil präsentierte und nicht sehen konnte, was seine Augen derweil anstellten, wie er sie von oben bis unten musterte. Monique war nur unwesentlich kleiner als er, und, nein, ihre Füße steckten nicht in Schuhen mit hohen Absätzen wie jene von Lydia damals. Monique trug, der ziemlich übliche und langweilige Business-Look, eine helle Bluse, unter der sich vage ein schlanker Rücken abzeichnete. Die eigentlich unverzichtbare, die obligate Jacke hätte sie wohl irgendwo abgelegt, vermutete Felix. Weshalb, nicht nur in seiner Firma, vielmehr generell, die Frauen sich zunehmend kleideten wie die Männer, hatte Felix sich schon oft gefragt (andererseits, musste er sich eingestehen: welche Alternativen gab es denn? Denn natürlich hörte er zu, obwohl er nicht sprach: Da wurde eine Kollegin durchgehechelt, die in einem weiten Rock erschien, der bis zu den Knöcheln reichte, das Haar womöglich hochgebunden, was sie »noch älter aussehen lässt«, dort eine andere, was die damit wohl bezweckt?, die ein gutes Stück Oberschenkel zeigte und deren hautenges Top...). Gleichwohl:

Die dunkle, »männlich geschnittene« Hose stand ihr ausnehmend gut, befand Felix. Monique war nachgerade prädestiniert, dezent figurbetonten Anzüge zu tragen. Kunststück: Bei dieser Figur! Schwärme ich bereits?, fragte Felix sich besorgt und etwas irritiert.

Felix vermutete, Monique trainiere regelmäßig. Eventuell jogge sie jeden Tag eine Stunde, bevor sie zur Arbeit führe, oder absolviere, kaum wäre sie nach Hause gekommen, im gewiss hellen und freundlichen Wohnzimmer und bei geöffneten Fenstern, durch das die Abendsonne fiele, ein ausgedehntes Gymnastikprogramm. Nicht verbissen, aber konzentriert. Welche Musik sie bei dieser Gelegenheit hören würde? Darüber wollte Felix später nachdenken (dass er sie gleich jetzt fragen könnte, um das Gespräch in Gang zu halten, aber war das nicht kindisch?, das taten doch höchstens »die Jungen«, kam ihm erst später in den Sinn). Sie würde über Mittag wohl kaum eines der zahlreichen Fitness-Center in der Innenstadt aufsuchen, wie dies viele, Frauen wie Männer, in der Firma taten. Dies erschien Felix eher unwahrscheinlich. Monique war kaum der Typ Mensch, mutmaßte Felix, der sich gewissermaßen in aller Öffentlichkeit und unter den wachsamen (gierigen?, lüsternen?) Blicken trainierender Männer und den neidischen (wie die das bloß schafft, so schlank zu sein!) der Frauen auf diesen idiotischen Maschinen abrackert. Merkwürdig, wie viel ich in diese Person hineindenke (und mir dabei ziemlich sicher bin, damit richtig zu liegen), obwohl wir uns doch kaum kennen, wunderte er sich. Wie auch immer, jedenfalls unterschiede sich Moniques Lebensstil völlig von dem seinen, glaubte Felix erkannt zu haben: diese Lethargie, diese Faulheit, der er sich hingegeben hatte, diese Müdigkeit, die er nicht nur nicht bekämpfte, sondern tatenlos zuließ, dass sie sich immer weiter durch seinen Leib wucherte: ein derartiges Muster passte einfach nicht auf die attraktive, aufgestellte Person, die vor ihm stand. Er empfand sich sogleich als dick und unansehnlich und begann sich seines leichten Bauchansatzes zu schämen, obwohl er doch (da gab es ganz andere Beispiele von Männern über fünfzig in seiner Firma!) auf Anhieb kaum zu sehen war. Felix wunderte sich, wie wichtig es ihm plötzlich zu werden schien, gut aussehen zu wollen, und noch mehr irritierte ihn, dass er sich spontan vornahm, etwas gegen seine Trägheit zu unternehmen, die sich, war er augenblicklich überzeugt, bestimmt bereits in einer schlaffen Gesichtshaut niedergeschlagen hätte, was Monique nicht verborgen geblieben wäre. So geht es nicht weiter!, tadelte Felix sich innerlich. Er wollte, sogleich baute sich ein grässliches Bild in ihm auf, nicht eines Tages mit einem schweren, unappetitlich über den Hosenbund schwappenden Bauch und einem Doppelkinn erwachen, das sich wie eine dicke Wurst auf seinen Hemdenkragen legen würde, er wollte sich nie im Spiegel Augensäcke in der Dimension kleiner Einkaufstaschen ansehen oder Stunden darauf verschwenden müssen, irgendwo in der Stadt oder anderswo eine neue Hose aufzuspüren und, ob sie ihm nun gefiele oder nicht, sich gezwungen sehen, sie einzig deshalb kaufen zu müssen, weil es das einzige Exemplar weit und breit zu sein schien, in das sein fetter Hintern einigermaßen hineinpassen würde.

Monique wandte sich ihm wieder zu. Sie musterte sein Gesicht. Felix fühlte sich in seinen Gedanken ertappt.

»Woran denkst du?«, fragte sie ihn neugierig. »Wir wollen heute doch nicht in Traurigkeit und Sorgen versinken!«

»Ich war wohl in Gedanken irgendwo weit weg, sorry.«

»Schluss damit«, lachte, bestimmte, befahl, Monique, »jetzt wollen wir erst einmal richtig feiern.«

»Ok«, antwortete Felix brav wie ein Schüler und versuchte erneut jenes Lächeln, vom dem er nicht wusste, ob es gelingen würde oder sein Gesicht gleich aussähe wie die furchterregendste Fratze in einem Horrorfilm.

»Unmittelbar, bevor ihr zu uns gestoßen seid«, fuhr Monique leichthin fort, »hatten wir gerade beschlossen, an künftigen Freitagen nach der Arbeit häufiger gemeinsam etwas trinken zu gehen. Entspannt so richtig und fühlt sich gut an. Man arbeitet fünf Tage die Woche auf relativ engem Raum zusammen und hat zeitweise derart viel am Hals, dass man kaum Zeit für einige private Worte findet. Das wollen wir ändern. Man arbeitet um einiges besser, wenn man dann und wann etwas Spaß miteinander hat und manchmal in aller Ruhe über völlig belanglose Dinge miteinander quaseln kann. Macht ihr das eigentlich regelmäßig?«

»Was?«, antwortete Felix. Er hatte zwar zuzuhören versucht, war aber von John abgelenkt worden, der ihm aus der Ferne verschwörerisch zugezwinkert hatte. Felix wusste diesen Blick sehr wohl zu deuten, der besagte: »Na los, mach dich an sie ran. Die ist reif. Und reife Früchte sollte man nicht verschmähen, sonst verfaulen sie!« Felix hätte ihn am liebsten geohrfeigt und ihm ins Gesicht gespuckt, doch das ging beides derzeit ja wohl gar nicht: »Spinnst du eigentlich? Du überlegst dir immer bloß, wie du jemanden möglichst rasch ins Bett kriegst.« Felix wusste natürlich, was John, zweifellos mit einem breiten Grinsen im Gesicht, erwidern würde: »Aber klar doch, Alter. Und deswegen weiß ich: Da ist was zu machen. Das sagt dir der Experte! Und auch dies: Es wird Zeit, du bekommst endlich wieder einmal eine scharfe Braut ins Bett. Glaube mir, ich weiß, was dir gut tut!«

Monique wiederholte ihre Frage wie eine geduldige Mutter, die mit ihrem Kind spricht. Ob sie Erfahrung darin hat, fragte sich Felix, ob es also einen Mann gäbe, der zu Hause, sehnsüchtig?, auf sie warten würde? (Weshalb ist es mir derart wichtig, dies zu wissen?)

»Ach so!« Diesmal hatte Felix begriffen.

Was sollte er antworten? Er vermochte nicht einzuschätzen, was die Wahrheit bewirken würde. Darüber Klarheit zu haben, wäre jedoch von größter Bedeutung! Denn Felix realisierte: Er wollte alles vermeiden, was die nette neue Bekanntschaft beenden könnte, bevor sie richtig begonnen hatte. Der Vorwurf, er sei ein unausstehlicher Langweiler, womit Lydia ihn tief getroffen hatte, saß Felix immer noch in den Knochen. Erstaunlich, drei Jahre waren doch eine halbe Ewigkeit! Wie auch immer: Als Langweiler jedenfalls wollte er vor Monique keinesfalls dastehen. Umgekehrt: Wollte er eine sich aus dieser Begegnung eventuell entwickelnde Freundschaft durch eine Anfangslüge belasten? Man konnte ja nie wissen, was sich daraus ergeben würde! (Ich beginne bereits wie John zu denken, ärgerte er sich.)

»Ehrlich gesagt«, entschied er sich schließlich für die Wahrheit, »ich habe mich von meinen Arbeitskollegen mitschleppen lassen. Ich bin schon länger nicht mehr aus gewesen.«

Monique lachte: »Ein Stubenhocker, genau wie ich während einiger Jahre.«

»Wie meinst du das?«, erkundigte sich Felix.

»Die übliche Biografie«, zuckte sie mit den Schultern, »wie sie auf viele Männer und Frauen in unserem Alter zutrifft: Geschieden oder getrennt und nicht mehr oder noch nicht bereit, etwas Neues zu beginnen. Also sitzt man vorerst einmal untätig und genervt zu Hause herum und wartet auf ein Wunder. Oder so ähnlich.«

Felix lächelte betreten: »Ertappt!«

»Na ja«, meinte Monique leichthin, »wir könnten ja gemeinsam versuchen, daran ein für alle Mal etwas zu ändern, was meinst du?«, und fuhr, ohne abzusetzen, nämlich in der Absicht fort, einen falschen Eindruck gar nicht erst entstehen zu lassen, das Missverständnis zu umschiffen, das sich, befürchtete sie, einzustellen drohte: »Völlig unverbindlich natürlich und ohne weitergehende Absicht und Verpflichtung.«

Als sie bemerkte, dass Felix sie ziemlich eigenartig ansah, lachte sie etwas nervös: »Mein Gott, ich bin auf dem besten Weg, mich verbal irgendwie zu verrennen. Das klingt alles, zugegeben, zweideutig, so war es nicht gemeint.« Kleine Pause, dann musste sie erkannt haben, dass es wohl gescheiter wäre, das Thema zu wechseln: »Bevor ich noch mehr Unsinn rede: Genug der trüben Gedanken, lass uns einfach feiern!« Und schickte sich an, in den mittlerweile ziemlich ausgelassenen Kreis der Feiernden zurückzukehren.

»Was unternimmst du denn ich deiner Freizeit?«, fragte Felix geschwind. Einerseits, um Monique wieder auf verbal sicheren Boden zurückzuführen, und andererseits, um sie noch einige weitere Sekunden oder Minuten »für sich allein« zu haben: Er wollte den Augenblick so lange wie nur möglich hinauszögern, bis sie sich zu John und Norbert, Rose und Veronique gesellen müssten.

»Na ja«, erwiderte Monique, »dies und das halt.«

Ausweichend!, konstatierte Felix: Sie macht mir etwas vor!

Ich habe mich nicht nur daran gewöhnt, Monique künftig eventuell an deiner Seite zu wissen, ich begrüße vielmehr ausdrücklich, dich endlich nicht länger alleine und einsam zu wissen; der Blick in die Zukunft, in die unmittelbare oder eine etwas oder weiter entfernte, sei gestattet, nehme ich an.

»Liest du Bücher?«, könnte Monique dich beispielsweise an diesem Abend gefragt haben oder dich später fragen: »Ich möchte gerne mehr wissen von dir und über dich!«.

»Wenn ich lese«, würdest du nicht kategorisch verneinen, sondern vielmehr erklären wollen, deine Art: einfache Antworten existieren nicht für dich, »spüre ich praktisch unmittelbar die Einsamkeit in mir hochkriechen, die mit eisigen Krallen nach mir greift, ich habe bislang nicht herausgefunden, weshalb dem so ist.«

Dieses Gefühl, diese Beklemmung, diese Angst, dies alles sei ihr nur zu vertraut, würde Monique antworten oder geantwortet haben, sie habe lange Zeit bloß noch lesen können, wenn das Radio lief, »oder ich eine CD eingeschoben hatte.« (Welche Musik hörst du denn?, wäre eine deiner nächsten Fragen, du hast sie nicht vergessen: Jetzt bestünde die Gelegenheit, sie zu stellen!). Dies sei, ein zärtlicher Blick in deine Richtung, nun gottlob alles anders geworden: »Du tust mir gut!«

Du würdest zurücklächeln, lange erprobt mittlerweile vor dem Spiegel oder unbekümmert, wie dein Gesicht dabei aussähe, und wieder ernste Züge annehmen: »Und erst du mir!« Und du würdest ihr versprechen, hoch und heilig (ein gefährliches Pflaster, du weißt!, denn du könntest damit weitergehende Absichten, zur Unzeit!, suggerieren): »Sollte ich eines Tages umziehen, so muss die neue Wohnung oder das Haus die Möglichkeit bieten, eine Leseecke einzurichten.«

»Und an den Wochenenden«, könnte Monique weiter in dich dringen wollen, ohne auf diese Bemerkung einzugehen, »was machst du da?«

Ausschlafen, wirst du antworten (oder geantwortet haben, doch lassen wir den möglichen Zeitpunkt dieses Gesprächs, eben erst oder noch in der Zukunft liegend, einmal beiseite), einkaufen, WC-Papier, Mittel für die Spülmaschine, Früchte, einen neuen Anzug, neue Schuhe, Socken, ein Hemd, was gerade anstehe halt, vielleicht zusätzlich Schokolade oder Gebäck, »wenn ich nicht widerstehen kann«, und würdest, so oder so, in einem Anflug von Übermut anfügen: »Am Samstagabend esse ich meist auswärts, in einem Lokal in der Innenstadt. Eine mir lieb gewordene Gewohnheit.«

Ob immer im selben Restaurant oder ob er abwechsle, würde Monique in Erfahrung bringen wollen, und sich sogleich ihrer ungezügelten Neugierde bewusst werden: »Sollte ich dir mit meiner Fragerei auf den Geist gehen, dann sage es einfach, abgemacht?«

Du wirst ihre Befürchtung mit einer lässigen Handbewegung beiseite wischen, auch sie, vor dem Spiegel, geprobt, du hattest ja genügend Zeit, dich auf einen derartigen Austausch vorzubereiten, auf den du dich bereits vor einiger Zeit festgelegt hattest: »Keine Ursache, ich habe nichts zu verbergen, nicht das Geringste. Und vor dir schon gar nicht«, ein breites Lachen in deinem Gesicht, und du wirst, ohne abzusetzen und ohne mit der Wimper zu zucken, ihre Frage beantworten: »Nach Lust und Laune.«

Geflunkert! Aber, aber!

Denn nicht nur alles in deinem Haushalt hat eine feste, eine unumstößliche Ordnung, sondern es folgten natürlich auch deine äußerst seltenen Ausbrüche aus deiner provisorischen, dein Wort!, Wohnwelt einem festgelegten Plan, und von wegen »Samstag für Samstag«, das war nicht einmal früher so, in den Jahren vor Lydia, entscheidender jedoch: nie mehr danach! Damals hattest du wenigstens deinen, einen einzigen!, Italiener, zu dem du gingst, du suchtest stets den gleichen Griechen auf und kanntest bloß das eine Thai-Restaurant, das seit langer Zeit auf der bescheidenen Liste deiner »Lieblingslokale« stand. Und dann war da noch »dein Türke.« Sie alle suchtest du in jener fernen Zeit über die Wochen und Monate jeweils genau in dieser Reihenfolge auf. Somit gab es in dieser Abfolge italienische, griechische, Thai, türkische Küche. »Und am Sonntagmorgen liege ich gerne eine Stunde oder so in der Badewanne und höre dazu Mozart«, wirst du anfügen, und dir sogleich geloben, auch diese dir früher, als du in jener längst vergessenen Zeit die erste Wohnung hattest, liebe, wöchentliche Angewohnheit wieder aufleben zu lassen. Gleich ab dem kommenden Wochenende.

Eure Leben seien sich somit in einigen wichtigen Belangen ziemlich ähnlich, wird Monique, nachdenklich, antworten (und sie sich in diesem Augenblick allenfalls fragen, ob eine derart weitgehende Übereinstimmung ein gutes oder ein schlechtes Omen für ihre Beziehung sei), nur dass sie am Samstagabend bade und sich dabei jedes Mal vornehme, anschließend auszugehen, um es dann doch zu unterlassen. Dafür besuche sie an manchen Wochenenden gerne Museen und genieße es, bei schönem Wetter eine Stunde oder länger durch den Stadtpark schlendern (wann habe ich schamlose Lügnerin dies zum letzten Mal getan?, fragt sie sich, und auch Monique nimmt sich vor, den Worten Taten folgen zu lassen).

Das könnte mir ebenfalls gefallen, hast du oder wirst du sagen wollen, und dich später, wieder allein in deinen vier Wänden und auf dem Rücken auf deinem Bett liegend, über dir die Zimmerdecke in reinem Weiß, die Hände hinter dem Kopf verschränkt, über dein Schweigen ärgern oder dir die Haare raufen. Bei einem nächsten Treffen, und darauf bist du mächtig stolz, wirst du ihr vorschlagen (allenfalls vorgeschlagen haben): »Ich begleite dich bei deinen Museumsbesuchen oder den Spaziergängen, wenn du magst. Und du könntest mich begleiten, wenn ich losziehe, um auswärts zu essen. Zu zweit ist es in jedem Fall schöner, als allein unterwegs zu sein.«

»Wir werden sehen«: Moniques Antwort. Ein glückliches, wenn auch etwas unsicheres Lächeln, das du nicht zu deuten wüsstest, im Gesicht.

Monique fasste Felix am Arm, »noch immer in Gedanken versunken?«, er, erneut errötend wie ein Schuljunge: »die Vergangenheit, die Gegenwart, die Zukunft...«, unbestimmt, doch keine Gelegenheit, darüber zu debattieren, was vielleicht ganz gut so war!, und zog ihn mit sich und zurück in den Kreis der fröhlichen Freunde.

Sie tranken, redeten, sprachen in der Folge wild durcheinander, lachten, scherzten, kicherten: keine ernsthaften Gespräche mehr, heiteres, gelöstes Geplapper.

Und sie tranken.

Und tranken.

Felix spürte den Alkohol und Monique stützte sich plötzlich auf seinem Arm ab: »Schon lange nicht mehr so viel getrunken, mehr Alkohol jedenfalls, als ich sonst in einem Monat zu mir nehme.« Felix beobachtete derweil seine Arbeitskollegen. John, amüsierte er sich, wollte ganz offensichtlich Rose anbaggern, während Norbert immer wieder versuchte, Veronique auf die Seite zu ziehen und ihr etwas zu erzählen, was ihm offenbar sehr am Herzen lag; der Alkohol hatte auch seine Zunge in einem Ausmaß gelöst, wie man es sich von ihm wahrlich nicht gewohnt war. Ein- oder zweimal hatte Veronique mitgemacht, inzwischen tat sie allerdings offensichtlich alles (nur Norbert war noch nicht dahinter gekommen), um ihn zu hindern, sie erneut von der Gruppe wegzulocken; sie ignorierte seine Bemühungen und hörte einfach weg, während er weiter auf sie einredete.

»Dein Freund John wird bei Rose nicht landen können«, prophezeite Monique leise, sie hatte sich ein wenig vorgebeugt, nahe am Ohr von Felix. Sie beobachtete offenbar ebenso gerne andere Menschen wie er, war Felix irgendwie glücklich gestimmt. »John ist nicht ihr Typ, da bin ich mir sicher. Nicht einmal für diese eine Nacht, in der sie, wie wir alle, zu viel getrunken hat! Und Veronique scheint sich zu langweilen.«

»Ich denke«, Felix glaubte zu wissen, worüber Norbert reden wollte, auch wenn er nicht hinhörte, »er will ihr unbedingt von seinen Radtouren quer durch ganz Europa erzählen, jede Einzelheit, sie wird jede einzelne Schraube an seinem Fahrrad kennenlernen, wenn sie sich nicht vorsieht.«

Monique gluckste: »Tut er das immer, wenn er etwas getrunken hat?«

»Das weiß ich nicht, weil ich bisher ja nie dabei war. Was ich aber aus eigener Erfahrung berichten kann: Er langweilt mit seinen Geschichten jeden in der Firma, wann immer sich die Möglichkeit dazu ergibt.«

»Wir stehen wohl vor einem kleinen Problem«, meinte darauf Monique mit nachdenklicher Miene. »Wie es aussieht, dürfte Rose kaum besonderen Wert darauf legen, deine Kollegen an ihrer Party morgen dabei zu haben, sonst hätte sie euch alle längst eingeladen.«

»Damit haben wir auch nicht gerechnet«, beeilte Felix sich zu antworten.

»Du vielleicht nicht, John und Norbert aber eventuell schon, wie es aussieht. Wie die sich aufführen! Wie zwei Jünglinge im ersten Frühlingsrausch ihrer Hormone!«

Monique und Felix prusteten los. Als sie sich wieder einigermaßen beruhigt hatten, griff Monique, für Felix völlig unerwartet, nach seiner Hand und steckte ihm etwas zu, was sich wie ein Zettel anfühlte: »Behandle dies diskret. Ich habe darauf die Adresse vermerkt, an der die Party steigt. Würde mich freuen, wenn du dabei sein könntest.«

Felix bedankte sich und ließ die geheime Botschaft in seiner Hosentasche verschwinden: »Aber weshalb glaubst du, ich«, ausgerechnet ich!, dachte er, »sei im Gegensatz zu meinen Kollegen an dieser Party willkommen?«

»Weil du mein Begleiter sein wirst«, antwortete Monique schlicht, drehte sich vom verblüfften Felix weg und verwickelte Veronique in ein Gespräch, was Norbert ziemlich einsam dastehen ließ, der sich irritiert umschaute und schließlich John stupste. John wiederum hatte inzwischen eingesehen, dass es nichts würde mit Rose und ihm. Dementsprechend dankbar schien er zu sein, dass ihm Norbert den Grund lieferte, die Runde zu verlassen: »Ich muss dann mal. Meine Partnerin dürfte inzwischen ebenfalls von der Arbeit nach Hause gekommen sein.« Er bedankte sich höflich für das fröhliche Beisammensein und die Getränke, Manieren hat er ja, das kann niemand bestreiten, dachte Felix, der Missmut über den Ausgang des Abends war ihm jedoch anzusehen, zumindest Felix registrierte ihn: dass er sein Ziel nicht erreichte, war sich John nicht gewohnt! Als er an Felix vorbeiging, flüsterte John seinem Bürokollegen noch ins Ohr: »Jetzt aber ran, Alter, die Braut ist heiß auf dich. Ich meine es nur gut mit dir!«

Norbert schloss sich John an, aber nicht ohne Felix zu fragen (wofür er sich von John einen leichten Stoß mit dem Ellenbogen in seine Rippen einhandelte: Jetzt komm endlich!): »Komm, wir zwei genehmigen uns irgendwo noch einen kleinen Absacker. Oder zwei.«

Felix schaute auf sein Glas: »Ich befürchte, ich habe schon genug getrunken heute, ich werde also mein Glas leer trinken und mich dann ebenfalls auf den Heimweg machen.«

»Wie kann man nur…«, ärgerte sich Rose lautstark, kaum waren John und Norbert verschwunden.

»Was meinst du?«, fragte Monique scheinheilig und bedeutete dem Kellner, er möge eine weitere Flasche Sekt öffnen.

»…ein solches Arschloch sein«, vollendete Rose den Satz. Sie war sichtlich aufgebracht. »Da versucht er die ganze Zeit, mich anzubaggern, um, hat er endlich begriffen, dass er bei mir nicht landen kann, hämisch anzumerken, er werde von seiner Partnerin erwartet.«

»Männer halt«, zuckte Veronique die Schultern, »aber dieser Norbert ist wohl ebenfalls nicht ganz dicht. Er versuchte mich ständig für die, wie er es ausdrückte, Freuden des Radfahrens zu begeistern.«

»Vielleicht wollte er es ja auf einem Fahrrad mit dir treiben, wäre doch mal was Neues, oder?«, stichelte Rose.

»Ach, hör schon auf«, winkte Veronique ab, musste aber lachen, und zu Felix gewandt: »Tut mir leid, wie wir über deine Freunde herziehen…«

»Keine Ursache«, gab Felix zurück, »wir sind ja nicht wirklich Freunde. Bürokollegen halt. Aber bei der Arbeit kommen wir ganz gut zurecht miteinander.«

Plötzlich schlug sich Monique mit der flachen Hand vor den Kopf: »Ich hab's.« Alle blickten sie verwundert an. »Ich habe mich die ganze Zeit gefragt, woran mich der Auftritt deines radfahrenden Freundes erinnert.«

»Und?«, wollten Rose und Veronique wissen.

»Da gab's doch jüngst diese Handzettel in unserer Firma, erinnert ihr euch?, jene, worauf jemand zu einem«, machte sie sich beim Zitieren lustig, »spannenden Vortragsabend in Wort und Bild über Radtouren in Südfrankreich einlud, mit anschließendem Apéro mit dem Besten, was Küche und Keller in Frankreich zu bieten habe. Gerade einmal zwei Leute seien anwesend gewesen, hat man sich doch danach erzählt.«

»Wie haben wir darüber gelacht!«, erinnerte sich Veronique und Rose ergänzte: »Wir haben uns bereits lustig gemacht, als überall diese Zettel auftauchten. Und uns erst recht amüsiert, als wir von der Pleite hörten.«

Felix war kreideweiß geworden. Dies zumindest glaubte er.

»Die zwei Besucher«, bekannte Felix leise, »waren John und ich. Wir glaubten Norbert dies schuldig zu sein. Als Arbeitskollegen. Es war ziemlich deprimierend, zumal Norbert darauf bestand, den Vortrag trotzdem zu halten. Den gesamten Vortrag! Zweieinhalb Stunden hat er gedauert!«

Auf diesem Umweg fanden sie heraus, dass sie allesamt in derselben Firma arbeiteten. »Darauf müssen wir anstoßen«, lachte Veronique. Niemand protestierte. Der Barmann schenkte nach und sie hoben die Gläser ein weiteres Mal.

»Ziehen wir noch ein wenig um die Häuser?«, fragte Rose nach einer Weile und blickte auf die Uhr: »Es ist gerade einmal kurz vor Mitternacht. Wir könnten doch noch irgendwo hingehen und dort auf meinen Geburtstag anstoßen.«

»Unter einer Bedingung«, nuschelte Monique etwas, »dass ich nichts Alkoholisches mehr zu mir nehmen muss.«

Als sie das Lokal verließen, hängte sie sich bei Felix unter: »Ich glaube, ich kann etwas Hilfe gebrauchen, damit ich nicht plötzlich ungewollt vor deine Füße stürze.«

In einem nahegelegenen Lokal begnügte sich Monique mit einem Mineralwasser, während Veronique, Rose und Felix sich ein weiteres Glas Sekt genehmigten. Sie stießen auf Roses Geburtstag an.

Wenig später meinte Rose: »Jetzt wäre mir nach tanzen zumute. Kommt ihr noch mit ins Atlantis?«

»Ich denke, ich lege mich besser hin«, winkte Monique ab.

Rose wollte insistieren, doch Veronique, die längst ahnte, was sich anbahnen könnte, legte ihre Hand auf Roses Unterarm: »Lass mal. Ich denke, Monique hat wirklich genug gehabt für heute. Du bringst sie doch sicher und wohlbehalten nach Hause, Felix?«

Felix nickte und bat den Barmann, ein Taxi zu rufen. Moniques leicht getrübter Blick drückte Dankbarkeit aus.

»Wo wohnst du?«, fragte Felix, als sie unter der Eingangstür auf das Taxi warteten.

»Weshalb willst du das wissen?«, fragte Monique.

»Ganz einfach: Wie soll ich sonst dem Fahrer sagen können, wohin er fahren soll.«

»Klingt vernünftig«, meinte Monique, »und ich dachte schon, du wolltest auf diese Weise eine der ältesten Fragen der Welt klären. Na ja, originell wäre er ja gewesen, der Einfall. Hätte ich dir gar nicht zugetraut. Aber ich bin keine von denen, hörst du?«

Und kicherte weiter, bis sie den verwunderten Blick ihres Begleiters wahrnahm und ergänzte: »Zu mir oder zu dir? Klingelt's nun bei Dir?«

Sie nannte ihm Straße und Hausnummer.

Katharina

Felix Amboden? Ein Missverständnis! Ich suchte jemanden, der mit mir ausginge, der mich ins Theater oder ins Konzert begleiten und mich eventuell manchmal zum Essen ausführen würde. Bei getrennter Kasse natürlich! Mehr nicht. Natürlich wünschte ich mir dann und wann, wieder einmal neben einem Mann erwachen zu dürfen, der mich nicht nur körperlich verwöhnen, sondern mir vielleicht sogar das Frühstück ans Bett bringen würde. Aber noch lieber wollte ich einfach manchmal mit jemandem ausgehen. Mit jemandem reden. Mit jemandem etwas erleben. Felix Amboden kam wie gerufen. Und ja, wir haben miteinander geschlafen; es ergab sich so. Aber er interpretierte viel zu viel hinein. Im Unterschied zu mir suchte er eine Partnerschaft fürs Leben, also sprach er von einem Häuschen auf dem Land und gemeinsamem Urlaub und einem glücklichen Lebensabend zu zweit undsoweiter. Ich hatte aber keine Lust darauf, mit jemandem »alt zu werden«! Wie grässlich die Vorstellung, auf einem Sofa zu sitzen und zu warten, bis einer von uns sterben könnte! Es hatte nichts mit Felix zu tun. Er war ein lieber Kerl. Es ging ums Prinzip.

III

Ihr geht an Haus I vorbei, und noch immer lacht ihr. Seit Monique dir ihre Adresse genannt hat, könnt ihr damit nicht aufhören (was sich der Taxifahrer wohl gedacht hat?, fragst du dich). Aber wie hättet ihr auch ahnen können, dass ihr nicht nur in derselben Firma arbeitet, sondern sogar im gleichen Haus wohnt! Hier wie dort seid ihr euch nie wissentlich begegnet. In der Firma nicht, weil Moniques Arbeitsplatz sich in einem der Nebengebäude befindet und sie überdies in einem völlig anderen Bereich tätig ist wie du. Keine Berührungspunkte, nichts, was euch bei der Arbeit je zusammengeführt hätte. Und hier, in der Siedlung? Hier scheint ohnehin niemand die Mitbewohner wahrzunehmen (oder wahrnehmen zu wollen). Man bleibt in der Regel für sich, oder, ist man gewissermaßen als Sippe hier gelandet, unter sich. Und außerdem lädt der Platz zwischen den Häusern I und II wahrlich nicht dazu ein, sich in der Freizeit draußen aufzuhalten, um »freundnachbarliche« Beziehungen zu pflegen. Bis auf die Jugend, die in dieser öden Asphaltwüste ihre neuesten Klamotten und die frisierten Mofas präsentiert, Verabredungen trifft oder ganz einfach nur herumhängt, solange es einigermaßen warm ist und weder regnet, noch schneit, und bis auf ein paar

Drogendealer der eher harmloseren Art, hast du vernommen, die sich manchmal in die Hauseingänge drücken und, vermutest du, gute Geschäfte machen. Wie anders, als bekifft oder betrunken, wäre das Leben in dieser monotonen Umgebung auf die Dauer auch auszuhalten, ist man jung und steckt noch voller Träume, von denen man schon in früher Jugend zumindest ahnt, dass sie sich nie erfüllen werden, bis du beinahe überzeugt, als Realist!, ohne den Konsum von Drogen gutheißen zu wollen. (Und was unternehmen wir, was unternimmt »man«, außer, dass regelmäßig Konferenzen und Sitzungen abgehalten werden, an denen zwischen Apéro und gediegenem Essen bekräftigt wird, man werde sich »des Problems annehmen und entsprechende Programme entwickeln«, von denen man danach nie mehr etwas hört?: Du hast längst alle Illusionen verloren. Es drängt sich somit die Frage auf, ob das schon so war, als »das mit Lydia« geschah oder sich anbahnte, oder ob diese Ernüchterung vom Leben gar ein Auslöser für die Krise oder die eigentlich treibende Kraft hinter dem abrupten Ende eurer Beziehung gewesen sein könnte.)

»Dass man nicht wenigstens ein Stück Rasen und einige Bäume und eventuell ein paar Büsche in diese Leere hinein gepflanzt hat«, sagst du, als ihr die menschenleere, im Halbdunkel liegende Fläche erreicht, auf der lediglich, verloren, einige Betonquader herumstehen, die sich, welch ein Hohn!, welche Anmaßung!, als Sitzgelegenheiten ausgeben: kalt und unbequem, ein Symbol für die heutige Welt; du schwankst erneut zwischen Resignation und Trauer.

»Was würde das ändern?«, fragt Monique, du nimmst immerhin wahr: dies ist nicht der romantische Gesprächsstoff, den sie erwartet oder wonach sie sich gesehnt hat, doch ist sie trotzdem auf deine Kritik eingegangen: »Oder würdest du in deiner Freizeit freiwillig hier unten sitzen, bloß um zu beiden Seiten auf triste Hausfassaden zu blicken?«

»Es wäre ein Anfang. Vielleicht. Ein Zeichen.«

Was man so daherredet, ärgerst du dich sogleich, statt selber einen ersten Schritt zu unternehmen!

Ihr habt euch nicht berührt, seit Monique ihre Hand auf deinen Arm gelegt hat und dich zurück zu eurem munteren Grüppchen führte, und seit du sie später ein wenig gestützt hast beim Wechsel des Lokals. Nun aber schaut sie dich von der Seite an, ein merkwürdiger, ein erwartungsvoller, ein forschender Blick, und endlich schrillt in dir die Alarmglocke: Nicht weiterfahren auf diesem Trip, nicht jetzt!, später vielleicht, bestimmt später: du wirst mit Monique reden können und müssen, wirst ihr alles erklären, ihr werdet euch, bist du überzeugt, intellektuell finden. Schluss damit jedoch für den Augenblick! Du lässt, was dir auf den Lippen brennt, davongleiten, das Thema, das dich beschäftigt, los, die Welt sich, vorläufig, weiterdrehen, die dich verzweifeln lässt, und tauchst stattdessen in ihren Blick ein, trittst ein in sie durch ihre Augen, und wagst dich immer weiter vor in ihre Persönlichkeit, ihr Denken, Hoffen und Sehnen, ihr ganzes Wesen, und du freust dich, dass sie es dir gleichtut, um dieses tiefe Braun zu durchdringen, Tiefschwarz wirkend in dieser Stunde wie die Nacht, die euch umgibt, und dahinter in deinem Innersten nach jener endgültigen Wahrheit zu forschen, wonach du ebenfalls noch immer suchst. Ohne ein weiteres Wort fällt ihr euch mitten auf dem Platz zwischen den Häusern I und II der

Siedlung »Am Bach« in die Arme, genau an der Stelle, denkst du noch, wo ich in meiner Jugend zum ersten Mal ein Mädchen geküsst habe, bloß dass dies damals hinter einem schützenden Gebüsch geschah, umfasst, drückt, haltet, beschützt euch.

Eure Münder finden zusammen, die Lippen öffnen sich.

Die Zeit vergeht und verliert jegliche Bedeutung.

Es scheint, als solle dieser Kuss nie enden.

»Danach stand mir schon den ganzen Abend der Sinn«, sagt Monique in der ersten, kurzen Pause, während ihr beide Luft holt, »bloß damit du nicht denkst, ich ließe mich nur und gerade jetzt dazu hinreißen, weil ich etwas betrunken bin.«

Es dauert eine geraume Weile, bis ihr endlich weitergeht, und ihr habt euch und in stummem Einverständnis nur dazu entschlossen, weil ihr glaubtet, von irgendwoher aus der Dunkelheit ein, bedrohliches?, beängstigendes?, unheimliches?, jedenfalls ein Geräusch vernommen zu haben.

Du bist nach Hause gefahren, später als sonst. Zuvor hast du an deinen Notizen gearbeitet, wie seit einigen Monaten stets am Donnerstag, denn an den Donnerstagen macht John jeweils früher Schluss: Tennis um halb fünf, spätestens um fünf Uhr. Seit Jahr und Tag. Also bist du in aller Regel ab ziemlich genau sechzehn Uhr allein im Büro. Du hast dich erhoben, kaum war John verschwunden, hast die Tür ins Schloss gedrückt (was heißt, so ist es ausgemacht in eurer Abteilung, dass man nicht gestört werden will, darf oder soll) und die Arbeit, die vor dir auf dem Schreibtisch lag, zur Seite geschoben. Deine »Notizen zur Zeit«, zur umfangreichen Datei gediehen mittlerweile und gespeichert auf einem USB-Stick, den du immer bei dir trägst: Ihnen wirst du dich nun widmen; sie sind gewissermaßen dein Hobby, dein einziges. Aber immerhin hast du eine Beschäftigung außerhalb deiner beruflichen Aufgabe gefunden, die dir gleichzeitig als Therapie dienen dürfte, dir den Psychiater erspart: Endlich bist du, und aus eigener Kraft und Überzeugung, in der Lage, jene Vorgänge zu verarbeiten, die bereits eine ganze Weile zurückliegen: »Das mit Lydia überwinden«, hast du dir zum Ziel gesetzt. Nicht explizit. Aber du hast erkannt: dies ist der angenehme Nebeneffekt, der sich aus deiner Schreiberei ergibt. Gottlob! Es wurde aber auch Zeit! So, wie du seit der Trennung lebst, wirst du doch nicht ewig wohnen wollen! Vollkommen abgeschieden. In dieser Wohnung, trostlos genug schon die Umgebung, der du keine persönliche Note verliehen hast. Bis auf das Plakat, das für die Malediven wirbt, in deinem Schlafzimmer. Du hast, dies ist kein Zufall, keine Freunde mehr, denn du hast sie nach deinem Umzug entweder ganz bewusst zu meiden begonnen, oder sie haben sich zurückgezogen nach eurer Trennung, wie dies in derartigen Fällen oft zu beobachten ist: aus Angst, man werde vollgejammert, sieht man sich nicht vor, oder der arme Verlassene, die bemitleidenswert Zurückgebliebene klammere sich wie eine Klette an einen, oder weil man befürchtet oder weiß, man müsste für ihn oder für sie Partei ergreifen. Du gehst nicht aus. Dafür lässt sich Verständnis aufbringen, denn mit Lydia warst du ständig unterwegs, ursprünglich lustvoll, später immer widerwilliger, du hattest diese Schickimicki-Kreise bald einmal satt, in die sie dich eingeführt hatte und in denen ihr, fandst du zunehmend, bloß Zeit verplempert und eine sich rasch ausbreitende Leere übertüncht habt. Ablenkung, Zerstreuung, diese Party und jener Event, nichts auslassen, überall und jederzeit dabei sein, feiern, feiern, feiern. Heute wird dir schon übel, wenn du bloß an diese Zeit zurückdenkst. Allerdings gehst du seither nicht etwa ins Kino, ins Theater, ins Konzert oder in ein Museum, wie du es dir vornahmst, schon bevor du die gemeinsame Altstadtwohnung verlassen hast und obwohl die Vorfreude darauf den ersten Trennungsschmerz deutlich gemildert hatte. Du sitzt vielmehr jeden Abend tatenlos in deinem trostlosen Wohnzimmer, starrst die freie Wand an oder das Bücherregal, während der Fernseher läuft, dem du kaum je Beachtung schenkst, oder du stehst am Fenster und blickst in die Nacht hinaus, in die Leere, das Ende der Welt beinahe greifbar; es befindet sich im Schwarz unmittelbar hinter der gegenüberliegenden Hausfassade. Und das Verrückte daran: du fühlst dich nicht einmal sonderlich schlecht dabei, du behauptest, die Ruhe, dieses Alleinsein in einer provisorischen Umgebung zu genießen, du seist die meiste Zeit zufrieden mit deinen derzeitigen Lebensumständen, die wohl nicht viele Menschen aushalten würden. Schon gar nicht auf Dauer. Also kann man dich nur dazu beglückwünschen, dass du dich entschlossen hast, obwohl auch dies dich nicht aus der Isolation hinausführt, nun wenigstens an deinen »Notizen zur Zeit« zu schreiben.

Der Titel ist dir spontan eingefallen. Du warst sofort begeistert davon. Mit deiner Schreiberei strebst du keine Publikation an, gedenkst, was da entsteht, nicht mit jemandem zu teilen, bezweckst also nichts weiter, außer, diese »Notizen« niedergeschrieben und bis zu deinem Ableben oder bis du deine Freude daran verlieren würdest, immer wieder und so lange überarbeitet zu haben, bis jeder einzelne Satz deiner Vorstellung von größtmöglicher Perfektion entspräche. Manchmal entstehen an diesen Donnerstagen längere Abhandlungen, manchmal kurze Gedanken, und entsprechend früher oder später verlässt du jeweils das Büro (wobei die Länge des Textes und die Dauer der Arbeit in keinem direkten Verhältnis zueinander stehen).

Heute ist es spät geworden. Du bist weit in die Vergangenheit zurückgeglitten, ins Reihenhäuschen deiner Großeltern, und du bist, während du schriebst, die steile, schmale Treppe hinaufgestiegen in die Kammer, die in jener Zeit dein Reich war. Die niedere Decke war fleckig, seit wegen einer undichten Stelle im Dach Wasser eingedrungen war. Großvater hatte den Schaden notdürftig abgedichtet. Provisorisch. Und ein Mitarbeiter der Verwaltung war tatsächlich schon nach dem ersten Anruf vorbeigekommen. War hinauf in den winzigen Estrich gestiegen. Fluchend. Leise bloß. Schnaubend. Dies bedeutend lauter. Hatte sich die Sache angesehen. War wieder in der Luke erschienen. Seine Füße zuerst, die nach den Sprossen der Leiter tasteten. Die Beine. Ein fetter Hintern in einer beinahe durchgewetzten Hose. Braun. Derselbe Farbton wie die Schuhe. Hatte sich, als er wieder auf sicherem Grund stand, zu voller Größe aufgerichtet. Die Hand zum Kinn gehoben, es gerieben, die Stirn dabei in Falten gelegt. Und immerfort »Hmmm« gemurmelt. »Wir werden sehen, was sich tun lässt«, hatte der Vertreter der Verwaltung sich vernehmen lassen, dieser korpulente, deutlich nach Bier riechende (stinkende, für ihn, den Buben) Mann, groß, fast einen

Meter achtzig lang, weshalb er aufpassen musste, den Kopf an den niedrigen Zimmerdecken nicht zu stoßen, und nicht vergessen durfte, sich stets zu bücken, trat er durch eine der Türen im Häuschen, nicht unsympathisch, aber offensichtlich nicht befugt, großartige Versprechungen zu machen. Mitten im Wohnzimmer, die Hände, wahre Pranken!, in den Taschen seiner Hose verborgen, stand er vor deiner Großmutter, die vorne am Fenster saß und strickte, das Tageslicht, kärglich im kleinen Häuschen, reichte hier wenigstens knapp aus, um zu erkennen, was man gerade tat. Mitten am Nachmittag! Bei hellstem Sonnenschein draußen! Großmutter hob den Kopf, legte die Stirne in noch mehr Falten, als sie ohnehin schon Furchen aufwies, sah dem Mann von der Verwaltung direkt in die Augen und fixierte seinen Blick, bis der Bullige zu schwitzen begann, von einem Fuß auf den anderen trat, verlegen zu Boden blickte und schließlich kleinlaut meinte: »Wir werden sehen.« Und sich unter Großmutters gestrengem Blick offenbar derart in die Enge getrieben fühlte, dass er im Wissen anfügte, damit etwas preiszugeben, worüber man ihm verboten hatte, mit den Bewohnern der Arbeitersiedlung zu sprechen: »Die Häuser sind alt. Sie werden wohl demnächst abgerissen. Da wollen die Besitzer natürlich nicht mehr allzu viel investieren. Dafür müssen Sie Verständnis aufbringen.«

Du warst damals ungefähr zwölf Jahre alt und konntest, du wolltest dir nicht vorstellen (so wenig wie: dass du selber älter werden könntest), dass Oma und Opa gezwungen sein könnten, dereinst von hier wegzuziehen und es dir somit eines Tages verwehrt sein könnte, hier deine Ferien und einen schönen Teil deiner Freizeit verbringen zu dürfen.

Deine Gedanken kreisen noch immer um diese Geschichte und um die Frage, der du dich beim Schreiben bereits zu stellen versucht hattest: Was davon sich tatsächlich und exakt so abgespielt und was sich im Verlaufe der Jahre ungewollt dazugesellt hatte. Dergestalt völlig in deine Überlegungen und all die offenen Fragen versunken, steigst du an der Haltestelle unweit von Haus I aus, und wirst dir auf den ersten Schritten, die dich näher zu deiner Wohnung führen, gewahr: Während es den Mann der Verwaltung tatsächlich gegeben hatte, unbestritten!, hast du dir bereits damals ausgedacht, wie er aussah und was genau sich abgespielt haben könnte bei seinem Besuch wegen des schadhaften Dachs. Denn du warst damals nicht anwesend gewesen, musstest dir also diesen Teil der Geschichte wohl ausgemalt haben, während du in der Kammer lagst, wo du, wenn du bei deinen Großeltern zu Besuch weiltest, zwischen Bügelbrett und Wäschekörben und manchem mehr in jenem schmalen Bett schliefst, in dem deine Mutter geschlafen hatte, als sie ein Mädchen war. Und es fügen sich, während du achtlos an den Imbissbuden, den Take-Aways und am kleinen Lebensmittelgeschäft vorbeigehst, die bereits geschlossen haben, es war demnach später als zweiundzwanzig Uhr, andere Gedanke hinzu, die dich ebenfalls seit längerem beschäftigen: Wie eigenartig es doch sei, dass du bis heute nicht in der Lage bist, dir deine Mutter als Mädchen oder junge Frau vorzustellen; sie war vom ersten Augenblick an, an den du dich zurückerinnern kannst, stets und einfach »deine Mutter« gewesen. Mütter haben kein Alter, scheint sich somit bestätigt zu haben, was du irgendwo gelesen hast. Und sodann: dass dir kaum eine Erinnerung an deinen Vater geblieben ist, kein wirklich positiver, kein bedrohlich negativer Eindruck will sich einstellen, versuchst du an etwas zu denken, wofür du deinen Vater geliebt, verehrt oder weswegen du ihn abgelehnt oder verachtet haben könntest. Er sei wohl ähnlich veranlagt gewesen wie du, habe sich verhalten, wie es dir ebenfalls am angenehmsten ist, ahnst du seit längerem: Kaum wahrgenommen zu werden, ohne sich besonders anstrengen zu müssen, sich möglichst unsichtbar zu machen oder sich bewusst im Hintergrund aufzuhalten. Dein Vater war zwar immer da, weißt du genau, und trotzdem hat er kaum Spuren hinterlassen in deinem Gedächtnis.

Du kommst wieder zu dir, tauchst aus deinen Grübeleien auf in die reale Welt, als du Haus I passierst, weil du dich in diesem Augenblick einmal mehr darüber ärgerst, dass sich zwischen den beiden langgezogenen Wohnblocks nichts als eine öde Betonwüste ausbreitet und einige Sitzbänke aus Beton ziemlich unmotiviert darüber verteilt sind.

Du könntest schwören darauf, du seist nicht einfach weitergegangen bis zu deiner Haustür und in den Flur getreten, das Deckenlicht, hättest du fluchend wie stets vermerkt, einmal mehr defekt, du hättest dich nicht zum Aufzug vorgetastet und seist, wie so oft zuvor, glücklich gewesen, dass das bescheidene Licht in der engen, stets ziemlich streng riechenden Kabine angegangen sei, als du die quietschende Tür öffnetest, und du seist nicht so ohne weiteres in deine Wohnung getreten, hättest dich ins Wohnzimmer gesetzt und seist vor dem laufenden Fernseher eingeschlafen, sondern seist in diesem Augenblick, auf den ersten Schritten über diese öde Asphaltfläche, abrupt stehengeblieben: Auf einer der Bänke, und dies bei strömendem Regen!, den du erst jetzt wahrgenommen hättest, sei ein Mann gesessen, der ungefähr in deinem Alter zu sein schien, wie du aus der Distanz zu erkennen glaubtest, ohne Schirm oder Regenjacke: Er habe einfach dagesessen, ins Leere gestarrt und sich dir zugewandt, als er dich kommen spürte oder hörte, und er habe dir bedeutet, dich neben ihn zu setzen, eine Aufforderung, der du ohne Rücksicht darauf nachgekommen seist, dass die Sitzfläche patschnass war.

»Was tust du bei diesem Scheißwetter hier draußen?«, fragt er, ohne dich zu begrüßen.

Du lachst: »Dasselbe könnte ich dich fragen! Ich befinde mich auf dem Weg nach Hause. Habe den Schirm vergessen im Büro. Dort oben wohne ich.«

Du zeigst auf das betreffende Stockwerk und auf das Fenster, hinter dem dein Wohnzimmer liegt.

»Ich weiß«, sagt der neben dir Sitzende, »ich weiß, wo du wohnst, ich kenne deine Angewohnheiten, ich brauche nicht erst auf die Uhr zu blicken, wenn du am Morgen das Haus verlässt, denn es ist stets punkt sieben Uhr sieben, und du kehrst abends, mit Ausnahme der Donnerstage, nie später als um achtzehn Uhr fünfzig zurück und gehst danach nicht mehr aus dem Haus. In der Regel brennt das Licht in deinem Wohnzimmer bis tief in die Nacht hinein; ich nehme an, du schläfst jeweils vor dem laufenden Fernseher ein. Du siehst, ich weiß fast alles über dich. Was aber tust du jeweils am Donnerstag?, habe ich mich gefragt und beschlossen, hier auf dich zu warten und dich das zu fragen. Ist eine Frau im Spiel?«

Du lachst laut heraus: »Nein, von Frauen habe ich die Nase voll! Beziehungsweise: Ich bin zum Schluss gelangt, dass ich den Frauen bloß Unglück bringe und sie mir ebenso.«

Du kennst den Mann nicht, der neben dir sitzt, und trotzdem oder gerade deswegen erzählst du ihm von Lydia und von allen anderen Frauen in deinem Leben und von deinen Großeltern und ihrem Häuschen mit seinem wunderschönen, wenn auch in seinen Dimensionen äußerst bescheidenen Garten, den sie so gerne gehabt und liebevoll gepflegt hatten, von jenem Ort kurzum, wo du sehr glücklich gewesen seist in deiner Jugend. Und du berichtest von deiner Arbeit und von John und den anderen Bürokollegen und beichtest endlich, du hättest damit begonnen, deine Träume und deine Gedanken, deine Bedürfnisse, Wünsche und Hoffnungen, dein gesamtes Leben!, niederzuschreiben, mit Hilfe des Computers im Büro, was der einzige, der wahre Grund für deine späte Rückkehr jeweils am Donnerstag sei.

Der Unbekannte hat dir zugehört, ohne dich zu unterbrechen, und fragt nun: »Weshalb tust du das?«

»Ich weiß es nicht«, bekennst du offen, »eventuell, um meinem Sein näherzukommen oder es wiederzufinden.«

Du kannst nicht aufhören zu erzählen.

Du seist, wird man dir später berichten, dabei lauter, immer lauter geworden. Wie lange das so ging, hätten die beiden Polizisten nicht sagen können, die plötzlich, erst mit grimmiger, dann fürsorglich väterlicher Miene vor dir stehen und dich fragen, was um Himmelswillen und dazu bei strömendem Regen du hier draußen tätest. Als du ihnen erklären willst, dass du dich bloß mit dem netten, freundlichen Herrn an deiner Seite unterhieltest, musst du, zu deiner größten Verblüffung, feststellen, dass du allein auf der Bank sitzt. Aber wenigstens, bist du erleichtert, während man dich in einem Streifenwagen zur nächsten Polizeistelle bringt, um deine Personalien zu überprüfen und allenfalls weitere Schritte einzuleiten, die zu deinem Wohl notwendig wären, konnte ich mir endlich von der Seele reden, was mich bedrückt hat!

Der Traum kehrte wieder, Nacht für Nacht.

Felix konnte auf seinem Sofa eingeschlafen sein oder bereits im Bett gelegen haben, wenn ihm die Augen zufielen: Irgendwann im Verlaufe der Nacht sah er sich immer dabei zu (und verschmolz mit der Gestalt), wie er aus dem Bus stieg. Der Regen prasselte in einer Intensität vom Himmel, als sei die Sintflut losgebrochen, und eine tonnenschwere Dunkelheit hatte sich über die Siedlung gelegt wie eine grauschwarze Decke, die drohte, alles gnadenlos zu ersticken, was sich darunter befände. Felix sah sich von der Bushaltestelle, den Schirm hatte er dummerweise im Büro stehen gelassen, raschen Schrittes auf den Eingang von Haus II zustreben. Kaum gelangte in seinem Traum der trostlose Platz zwischen den beiden ersten der insgesamt vier langgezogenen, hässlichen Wohnblocks in sein Blickfeld, sah er sich erstaunt stehenbleiben, weil da jemand, etwas nach vorne gebeugt, beinahe, als ob er schliefe, inmitten dieser Wüste aus Asphalt auf einem dieser fürchterlichen Betonblöcke saß. Felix wusste bereits, bevor er näher ging, er würde sich gleich zu dieser Gestalt setzen und mit ihr zu reden beginnen.

Der Ablauf blieb sich vorerst immer gleich, und der Traum endete stets damit, dass ihn zwei mittlerweile sehr freundliche Polizisten, man schien sich, wunderte sich Felix, offenbar bestens zu kennen, zu einem wartenden Streifenwagen führten, begleiteten eher, wie man einen Freund in die Mitte nimmt: Ihr Handeln erinnerte in nichts an eine Festnahme.

Hatte Felix den Mann, mit dem er sich im strömenden Regen unterhielt, ursprünglich nicht gekannt, verwandelte er sich von Nacht zu Nacht ein wenig, bis Felix erkannte: der auf diesem nassen Betonquader saß, war sein Großvater. Erst, nachdem Felix dies bewusst geworden war, begann sich auch der Dialog zwischen ihnen zu verändern.

»Was machst du bei diesem Wetter hier draußen?«, fragt Großvater besorgt, »du wirst dir eine Erkältung oder eine Lungenentzündung oder etwas noch Schlimmeres holen.«

»Ich komme von der Arbeit.«

»Niemand arbeitet so lange!«

»Ich bin nach Arbeitsschluss mit Privatem beschäftigt.«

»Du triffst eine Frau!«

»Großvater!«

»Ja«, sagt Großvater ein wenig traurig und resigniert, »ich weiß, du hast es mir erzählt, mit den Frauen hast du abgeschlossen. Endgültig, hast du mir berichtet.«

»Es ist besser so. Glaube mir! Für sie und für mich.«

»Wie du meinst«, antwortet Großvater, »es ist dein Leben, du kannst damit anfangen, was du willst. Du kannst es gestalten, verschlafen oder vertrödeln. Nur wegwerfen darfst du es auf keinen Fall und niemals.«

Was, beteuert Felix Nacht für Nacht, nicht in seiner Absicht stehe, »wie kannst du nur so etwas denken von mir!«

Sie sprechen danach eine geraume Weile über alte Zeiten, das Häuschen, das einst hier gestanden hat, den Tag, als sie zwei gemeinsam dabei zusahen, wie eine große, schwere Kugel, befestigt an einer klobigen Baumaschine, die so gar nicht zu den gedrungenen Bauten passen wollte, vor und zurück schwang, bevor sie in die dünnen Mauern krachte und sie zum Einsturz brachte wie ein Kartenhaus, »und schon war dem Erdboden gleichgemacht, worin deine Mutter groß geworden ist und wo du so viele Tage und Nächte verbracht hast.«

»Was aber vor allem eure Heimat war, Großvater, deine und jene von Großmutter. Und ich musste mit eigenen Augen zusehen, wie man euch vertrieb und euer Zuhause zerstörte.«

»Es hat dich niemand gezwungen.«

»Doch, Großvater, es war diesem Paradies geschuldet, dass man kam und gebührend von ihm Abschied nahm. Aber das meine ich nicht, sondern, was ich erkannt habe und dir längst sagen wollte: Dieses traurige Erlebnis hat mich offensichtlich geprägt fürs ganze künftige Leben.«

»Sentimentaler Quatsch«, wischt Großvater die Bemerkung seines Enkels unwirsch beiseite, doch Felix glaubt zu erkennen, er hat immer schon in seinem Gesicht lesen können wie in einem Buch: Großvater ist stolz auf ihn, es hat ihm offensichtlich viel bedeutet, dass er ihn damals begleitete, um eine Weile den Abbrucharbeiten zuzusehen und mit ihm zu weinen. Und, glaubt Felix zu erkennen: Großvater weiß mehr! Eventuell, dass dieses Erlebnis die Ursache für meinen späten Ausbruch aus dem vorherigen Leben gewesen sein könnte und »das mit Lydia« somit bloß der berühmte letzte Tropfen war, der das Fass zum Überlaufen brachte.

»Und nun lebst du also hier«, stellt Großvater fest und sieht sich um: »Scheußlich! Ich frage mich die ganze Zeit, weshalb du dir das antust.«.

»Als ich erkannte, wo sich die Wohnung befand, die ich mir ansehen wollte«, erklärt Felix, »wusste ich gleich und obwohl ich an solche Dinge nicht glaube: es würde Sinn machen für mich, an diesen Ort zurückzukehren. Hier hat mein Leben, das bewusste, meine ich, begonnen, nun würde ich an das Ende meiner Reise gelangen, ans Ziel, und dies, schau dich nur um, läge im übertragenen Sinn gewissermaßen, wo ich immer schon hinwollte: am Ende der Welt.«

»An deren Anfang«, widerspricht Großvater augenblicklich und vehement, korrigiert seinen Enkel, indem er ihn darauf hinweist: »Dreht man sich am Ende der Welt nämlich um, so sieht man sich an deren Anfang stehen und darf sich also auf neue Herausforderungen freuen, einen Neuanfang wagen.«

Lydia

Eigentlich wollte ich über diesen Lebensabschnitt nie mehr nachdenken, geschweige denn, mich dazu äußern. Felix war, rückblickend, eine Katastrophe. Vielleicht fällt mein Urteil etwas hart aus, aber in diese Richtung ging es. »Danach« jedoch ist man ja stets gescheiter, nicht wahr? Wir waren beide über 40, beide von Enttäuschungen nicht geprägt, aber auch nicht verschont geblieben, als wir uns kennenlernten. Die Liebe, hatte ich bis dahin gedacht, aus der Übung gekommen gewissermaßen, was diese ganz großen Gefühle betrifft, überfalle eigentlich nur Teenager in jener Art, wie sie über mich hereinbrach: aus dem Nichts. Völlig unerwartet. Ich war vollkommen unvorbereitet darauf. Ich hatte Schmetterlinge im Bauch wie seit meiner Schulzeit nicht mehr. Wir gingen Hand in Hand durch eine Welt, in der die Sonne nie unterzugehen schien und in der es keine Kälte gab. Wir teilten alles miteinander, unsere Gedanken, unsere Gefühle, und wir erfüllten uns alle unsere sexuellen Wünsche und Bedürfnisse. Vielleicht, vermute ich manchmal, lag der Fehler, der letztlich zu unserem Zerwürfnis führte, einzig darin begründet, dass wir uns eine gemeinsame Wohnung nahmen, ein hübsches, geräumiges, nicht eben billiges, aber wir verdienten zusammen ja wahrlich genug, um uns so einiges leisten zu können, Appartement in der Altstadt, nicht weit von unseren Arbeitsplätzen, aber auch von Kneipen und Bars entfernt und umgeben von Shops und Boutiquen sowie zwei Einkaufszentren in Gehdistanz.

Wir unterschätzten dabei wahrscheinlich den Umstand, dass wir so lange mehr oder weniger allein gelebt hatten und auf nichts und niemanden hatten Rücksicht nehmen müssen. Nur gut, muss ich im Rückblick sagen, dass sich seine ursprüngliche Absicht, aufs Land zu ziehen und dort ein Haus zu mieten oder zu kaufen, nicht realisieren ließ, weil kein Objekt aufzutreiben war, das unseren Vorstellungen entsprach, oder uns zwar ein Haus gefiel, aber nicht der Ort oder die Umgebung, wo es stand. Nicht auszudenken, was hätte geschehen können, wären wir fündig geworden! Nach unserer Trennung wäre ich wohl in irgendeinem Kaff verdorrt und verkümmert. Dass Felix das Haus hätte für sich behalten wollen, erscheint mir als äußerst unwahrscheinlich, und damit nähern wir uns dem eigentlichen Kern des Problems, wie ich es sehe: Felix begann sich, kaum hatten wir unsere gemeinsame Wohnung bezogen, ziemlich rasch und schwerwiegend zu verändern. Er wollte nicht mehr ausgehen, hörte auf, was er bis anhin so sehr geliebt hatte, Zeitungen zu lesen und sich die Tagesschau oder politische Sendungen anzusehen, beispielsweise. Er zog sich immer stärker zurück und redete immer weniger. Dieses beharrliche Schweigen brachte mich an den Rahn des Wahnsinns. Und als er auszog, hat er beinahe alles zurückgelassen, selbst Dinge, die er mitgebracht hatte. Das ist, Verzeihung, doch nicht normal!

Fünf

I

Langsam würde es wirklich Zeit, die Augen aufzuschlagen, Felix weiß das. Da war einerseits das immer dringlichere Bedürfnis, das Bad aufzusuchen, und andererseits hat Monique soeben begonnen, auf ihrer Seite des Bettes ungeduldig hin und her zu rutschen. Sie möchte mich gewiss berühren, vermutet Felix. Eben hat sich ihre Hand bewegt und ganz sachte seine Seite gestreift, noch nicht zärtlich oder fordernd gar, eine Reaktion beabsichtigend, zufällig wohl bloß (oder in dieser geübten oder angeborenen Zufälligkeit, charmant, findet Felix, ausgesprochen charmant, hinter der sich die Absicht elegant verbirgt). Monique überlege sich in diesem Augenblick gewiss, meint Felix, ob sie ihn bewusst anfassen soll, streicheln, eine Hand auf seinen Bauch legen, auf seinen Arm, sein Bein, oder ob ihm diese Störung lästig wäre, da er noch am Aufwachen ist (wie wenig wir an einem derartigen »Morgen danach« doch über mögliche Vorlieben und Abneigungen eines Partners, einer Partnerin wissen, nur dies: dass das Erwachen oft der kritischste Moment des gesamten Tages ist).

Monique könnte sich derzeit dieselben Fragen stellen wie ich zuvor, glaubt Felix zu ahnen. Also etwa, ob wir es dabei bewenden lassen sollten, uns in dieser Nacht Nähe und Wärme,

Hitze und Leidenschaft geschenkt zu haben, um vielleicht, das Äußerste, was noch in Betracht zu ziehen wäre, bevor man sich trennen würde, zum Abschluss gemeinsam zu frühstücken. Vollständig angezogen bereits, gewaschen, gekämmt, zurechtgemacht, sodass man getrost und wenig später anderen Menschen gegenübertreten könnte, ohne ihnen auf den ersten Blick zu verraten, woher man kommt und was man die Nacht hindurch getrieben hat, obwohl: diesen gelösten, heiteren, glücklichen Gesichtsausdruck haben wir an dir schon lange nicht mehr wahrgenommen!

Er befände sich bereits in der Küche, wenn sie aus dem Bad käme (Monique hätte ihm den Vortritt gelassen im Bad, spinnt Felix den Gedanken weiter), und er säße am Tisch, ein schönes, ein antikes, ein Exemplar, das Geschmack und Stil verriete, oder er wäre zumindest damit beschäftigt, ihn besonders hübsch herzurichten. Wie wäre sie gekleidet? Sicher nicht nachlässig, und: Jeans passten nicht zu ihr, fand Felix. Eher hätte sie sich für eine legere, aber modische Freizeithose entschieden, bei der man sogleich wüsste, wie bequem sie ist, und eventuell eines jener weiten, bis über das Gesäß reichenden Shirts übergestreift, die schlabberig daherkommen, aber gewollt. Es würde an ihr elegant, ja vornehm, und auf jeden Fall: authentisch, das Zauberwort heutzutage, wirken. Oder sie trüge ein Kleid, bereit, das Haus zu verlassen, eine Verabredung einzuhalten: »Hör mal«, würde sie vielleicht sagen, kaum hätte sie sich gesetzt, »das mit letzter Nacht... nun ja, ich war ziemlich betrunken, ich weiß nicht, was in mich gefahren ist, ich bin sonst nicht so«, er mit einer Handbewegung einleiten, die lässig wirken und über den Stich in seiner Brust, den Anflug von

Trauer hinwegtäuschen sollte: »Mach dir darüber keine Sorgen, wir hatten beide so einiges intus. Schön war es trotzdem.«

»Ja«, würde sie, dieses Thema beschließend und gleichzeitig ihre kurze Affäre definitiv beendend, mit einem geheimnisvollen, zufriedenen Lächeln auf den Lippen, kopfnickend antworten, »aber dabei sollten wir es bewenden lassen und uns diese eine, diese wunderschöne Erinnerung bewahren wie einen Schatz. Alles, was danach käme, würde keineswegs daran heranreichen. Das wissen wir beide. Wir sind alt genug, uns nichts vorzumachen.«

Warum plötzlich so pessimistisch, Felix Amboden? Er beantwortet sich die Frage sogleich: Lieber auf das Unvermeidliche vorbereitet sein, als von ihm auf dem falschen Fuß erwischt zu werden. Besser wäre ein solches Ende jedenfalls allemal, als ein ebenso denkbares, das heuchlerische Auseinandergehen der Feiglinge: »Es war schön mit dir, ich rufe dich an oder du versuchst es bei mir, ich bin allerdings ziemlich beschäftigt und werde unter Umständen demnächst für einige Zeit verreisen.« Oder: »Ich habe einigen Freundinnen versprochen, sie in Bälde zu besuchen.« Vielleicht: »Ich habe letzte Woche meinen Sommerurlaub gebucht, du weißt ja, wie das geht, lebt man allein: man entscheidet sich spontan für dies oder jenes, aber wir werden uns gewiss wiedersehen, nicht wahr?« Die Begründung austauschbar, der Kodex verlangt, weiß man: keinesfalls würde man sie nachprüfen, der Geliebten dieser einen Nacht nachstellen gar, und sie hinnehmen als das, was sie ist: eine letzte Illusion, die vorgaukelt, es sei nicht alles zu Ende, bevor es begonnen hat, etwas, das man sich zum Abschied schenkt, um sich nicht, sogleich, wehzutun, bevor man ins eigene Leben zurückkehrt, das man sich einigermaßen gemütlich eingerichtet hat und in dem ein anderer Mensch nur stören würde. Nimmt man an. Hat man sich eingeredet. Wurde man schmerzhaft belehrt, als man es trotzdem noch einmal versucht hat, weshalb man, unter Umständen gegen den erbitterten Widerstand der sich zur Wehr setzenden Sehnsucht, am Vorsatz nicht mehr rütteln, unter keinen Umständen ein weiteres Experiment mehr wagen will.

Oder weil es schlicht bequemer ist.

Monique allerdings wäre wenigstens nicht feige, davon ist Felix überzeugt. Sie würde direkt aussprechen, was ihr wichtig schien, was sie für sich in diesem Moment als das Richtige erachten würde, was sie sich von der Zukunft erwünschte oder wovor sie sich allenfalls fürchtete: »Ich will nicht, ich kann nicht«, würde sie zum Beispiel sagen, »das musst du verstehen. Es ist noch zu früh, die Wunden sind noch nicht verheilt. Lass mir Zeit! Aber dann und wann miteinander ausgehen, ins Kino, ins Theater, in ein Konzert, dagegen hätte ich nichts einzuwenden! Vielleicht, wer weiß, entwickelt sich etwas mit der Zeit, wenn wir die Geduld aufbringen, es reifen zu lassen und nichts erzwingen wollen.«

Dies wäre die beste aller Varianten, sagt sich Felix, denn auch ich will kein weiteres Mal etwas ich der Art wie »das mit Lydia« erleben. Guter Sex allein garantiert zudem nicht, dass man miteinander glücklich wird.

Und trotzdem, das Teufelchen, das einflüstert, zu verführen trachtet, einen in die falsche Richtung, ins Verderben locken will, dein Ich, Herrscher über dein Sein, kannst du nicht kontrollieren, somit nicht verhindern, dass dein Blick weit in eine mögliche, eine Zukunft schweift, wie du sie dir wünschen könntest, ein alter Traum, nun zu neuem Leben erweckt:

Noch wohnt ihr nicht offiziell zusammen, aber das wird noch eintreten, bist du optimistisch. Du bist am Bahnhof ausgestiegen (der einzige Nachteil deines neuen Heims: dein Arbeitsweg ist länger geworden), bist zu Fuß nach Hause gegangen und öffnest die schwere Holztür, die von der Außen- in die Innen-, deine private Welt führt. Du gelangst in den Flur, streifst dir die Schuhe von den Füßen und schlüpfst in die bereitstehenden Pantoffeln (du stellst sie stets an exakt dieselbe Stelle, bevor du dein Haus verlässt, daran hat sich im Vergleich zu früher nichts geändert), trägst in die Küche, was du, von der Bahn kommend, im Dorfladen eingekauft hast, oder was man dir, deine Liebe zu den Details, bei Ladenschluss verabredungsgemäß bereitstellt, kehrst du später zurück, hinten, dort, wo sich im Durchgang zum Lager und zur Garage eine gut geschützte, kaum einsehbare Stelle befindet.

Du hast dich auf der Fahrt zurück vom Büro heiter und gelöst erlebt, obwohl die Bahn überfüllt war wie immer, und nun bist du überglücklich, endlich in deinem schönen, gemütlichen, hellen, ruhigen Zuhause angelangt zu sein.

Du gehst ins Wohnzimmer. Gehen wir davon aus, du seist, der Normalfall, zu einer ordentlichen Zeit heimgekehrt (die »ordentliche Zeit«, das war Mutters Ausdruck; sie endete in ihrem Verständnis, wenn die Sonne unterging, denn danach, hatte sie stets gesagt, gehöre die Welt den Räubern und den Dieben), dann wirst du jetzt die Fenster öffnen, um die herrlich duftende, warme Landluft ins Zimmer strömen zu lassen. Im hohen Baum, der die linke hintere Ecke deines Grundstücks markiert, zwitschern die Vögel. Ein leichtes Lüftchen bewegt das Blätterwerk des Gebüschs, das du entlang des einfachen Drahtzauns pflanzen ließest.

Noch scheint die Sonne. Du willst die sechzig, im Hochsommer bis zu neunzig Minuten in vollen Zügen genießen, bis sie untergeht. Erst danach, später, nachdem du etwas gegessen hättest, frisch zubereitet, hast du dir angewöhnt, würdest du dich in dein Arbeitszimmer setzen und an deinen »Notizen zur Zeit« weiterschreiben. Auf dem Laptop, den Monique dir zum Geburtstag geschenkt hat. Die Jacke, die Krawatte, das Hemd, die Anzugshose hast du abgestreift wie eine lästige Uniform und alles achtlos aufs Bett geworfen, hast nach den Jeans und dem leichten Sommerpullover gegriffen, die du dir am Morgen zurechtgelegt hast. Dergestalt in Freizeitkleidung und -laune, machst du es dir gemütlich auf der Terrasse, trinkst in kleinen Schlucken deinen Whisky, den täglichen, schließt die Augen und denkst an Monique und an das Glück, sie kennengelernt zu haben.

Du hast die Post mit hinausgenommen, um sie zu sichten, während du den Abend genießt. Einige Prospekte, ein Brief des örtlichen Musikvereins mit der Bitte um finanzielle Unterstützung, als kleines Dankeschön wird dir eine Freikarte für die Abendunterhaltung im Herbst versprochen, befinden sich im bescheidenen Stapel, und die Einladung zum Sommerbummel »mit anschließendem gemütlichen Beisammensein« des hiesigen, rührigen Einwohnervereins.

Die bunte Ansichtskarte liegt zuunterst.

Sie zeigt einen sonnenbeschienenen Sandstrand. Stünde nicht dabei, dass er sich auf Gran Canaria befindet, wäre er kaum zu unterscheiden von anderen Sandstränden, die du im Verlauf der Jahre auf beinahe identischen Ansichtskarten zu Gesicht bekommen oder die du selber aus deinen früheren Urlauben verschickt hast. Und dennoch: Diese Karte ist speziell. Dein Herz pocht lauter, heftiger, der Puls schnellt hoch: »Es ist herrlich hier«, liest du, »ich wünschte, du könntest dies alles mit eigenen Augen sehen. Pass gut auf dich auf. Ganz herzliche und allerliebste Grüße Monique.«

Ich hätte mitfahren sollen, denkst du, aber zu dieser Zeit Urlaub machen? Undenkbar!

»Du weißt, dass der Zeitpunkt für Ferien denkbar ungünstig ist«, hätte dein Vorgesetzter geklagt, wärest du so dreist gewesen, um Urlaub zu bitten. Natürlich hättest du sofort eingelenkt: »War nur eine Idee. Nicht weiter schlimm.« Du ärgerst dich darüber, dass du immer und kampflos nachgibst (zudem, weit schlimmer, im vorliegenden Fall bereits, bevor du dich überhaupt dazu durchringen konntest, wenigstens nachzufragen). Daran müsstest du arbeiten! Dringend! Oder die Stelle wechseln, indem du das Angebot der örtlichen Bank annimmst. Deren Leiter und du seid vor zwei Wochen im »Sternen« bei einem Glas Weißwein miteinander ins Gespräch gekommen: »Jemanden wie Sie könnte ich gut gebrauchen!« Ja, das könnte die Lösung sein! Zumal Monique, als du ihr davon erzählt hast, dich zu diesem Stellenwechsel ermuntert hat. Was dir ausgesprochen wichtig ist: dass sie einverstanden ist, beziehungsweise ihr beginnt, wichtige Entscheidungen gemeinsam zu fällen.

»Fühlst du dich nicht einsam«, hat sie dich am Flughafen gefragt, bevor sie durch die Schleuse ging, »noch einsamer vielleicht als in Elf D, und besonders vielleicht, wenn ich nun für beinahe vier Wochen aus deinem Leben verschwinde?«

»Mach dir keine Sorgen«, hast du geantwortet, »ich fühle mich hier draußen mitnichten einsam. Und ich glaube gar, ich überstehe unsere Trennung hier auf dem Land besser, als mir dies in Elf D gelungen wäre. Ich freue mich jetzt schon auf deine Rückkehr! Und würde mich überglücklich schätzen, könntest du dich dazu entschließen, doch ich will dich nicht drängen, mit mir zusammenzuziehen.«

Monique hat dir versprochen, darüber nachzudenken, während sie am Strand liege und sich von der Sonne bräunen lasse. Und natürlich werde sie dich sogleich besuchen, wenn sie aus dem Urlaub zurück sei (ich werde sie vom Flughafen abholen, hast du sofort beschlossen): »Dann reden wir über alles, einverstanden?« Ihr habt gelacht: »Zuvor oder danach?«

Felix erteilt seinem Hirn den endgültigen Befehl, langsam die Lider anheben zu lassen, drückt zuvor jedoch sein Kissen im Rücken etwas zurecht, Monique wird es bemerkt haben, ob sie sich auf diesen Augenblick freut oder sich davor fürchtet?, er will nach dem Öffnen der Augen erst sie ansehen und danach, den Kopf ins Kissen gebettet, seinen Blick ins Freie, in den sonnigen Samstag, 18. Juni, richten, das Schönste, was er sich ausmalen kann: Moniques in warmen Herbsttönen gehaltenes Schlafzimmer, ihr glückliches Gesicht, ihr liebevolles Lächeln, ihre anmutige Gestalt in seinen Armen und die Sonne, die sie beschiene.

Felix will die Lider mit einem Ruck heben, damit er nicht doch noch davor zurückschrecken könnte, ohne Wenn und Aber zu akzeptieren, was seine Augen erblicken werden – eine letzte, die allerletzte Verzögerung, ein weiterer Sekundenbruchteil, der verstreicht: Plötzlich ist Felix sich unsicher, in welchem Tag er sich befindet: Ist es, fragt er sich, in Panik!, Freitag, der 17., oder tatsächlich Samstag, der 18. Juni?

Idiotisch diese Unsicherheit, zumal zur Unzeit!

Die Antwort auf die Frage indessen sehr wesentlich!

Wäre es nämlich erst Freitag, würde er zwar aus einem prickelnden, prächtigen, einem anregenden und erregenden Traum erwacht sein, aber allein und in seinem eigenen Bett liegen. Sein erster Blick fiele somit auf das Werbeplakat der Malediven. Positiv daran: Er hätte die große, die eventuell eintretende, eine radikale Veränderung in seinem Leben noch vor sich und würde sich folglich seinen Arbeitskollegen aus der Abteilung auf ein ungezwungenes Abendbier anschließen. Die würden Augen machen!

Oder aber, es war tatsächlich Samstag.

Fiele sein erster Blick, rechnet Felix erneut und wie gewohnt mit dem schlimmsten Fall zuerst, auf diesen Strand, die Hütten, die Palmen, den blauen Himmel, so wäre dies überhaupt nicht gut.

Andernfalls...

Epilog

»Und ich dachte…«, Smokey ließ sich mit einem schweren Seufzer und einem vagen, als dünke ihn, eigentlich sei die Frage vollkommen überflüssig, demnach sehr leisem, fast schüchternem, einem eher vor sich hin gemurmeltem »Ist es erlaubt?« auf den schmalen Lippen, auf den freien Stuhl gegenüber dem Monsignore fallen. Am langen Tisch, Teil eines L, hatten der ehemalige Würdenträger, in dezentes, etwas abgewetztes Schwarz gekleidet, das schlichte Kreuz am Revers, aus gebürstetem Stahl, erzählte Monsignore gerne und bereitwillig bei jeder sich bietenden Gelegenheit, war nicht sonderlich groß, aber gleichwohl unübersehbar, sowie Angie und ihre Getreuen Platz genommen.

»Was dachten Sie?«, unterbrach der gewesene Geistliche sein Gegenüber, noch bevor der Alt-Hippie die Chance hatte, den angefangenen Satz zu vollenden.

»Dass er sie überwunden habe, diese scheußliche Welt, die ihn bedrückt hatte und beinahe wahnsinnig werden ließ«, antwortete, etwas irritiert, Smokey, und wischte sich die widerspenstige Strähne seiner eher weiß-, denn graudominierten, ihm beinahe bis auf die Schultern fallenden, mit zunehmendem Alter lichter gewordenen Haarpracht aus dem Gesicht.

Monsignore hob eine Braue und ließ das Fragezeichen, das daraus wohl herausgelesen werden sollte, in der Luft stehen.

»Als er uns verließ«, fuhr Smokey fort, »schien er jedenfalls nicht länger auf der Flucht, sondern zum Suchenden geworden zu sein«: Feststellung und Erklärung zugleich.

Die Gesichtszüge des Monsignore verrieten nicht, was er dachte, nicht, ob ihn Smokeys Erläuterung überraschte oder ob er sich lediglich in seinen eigenen Beobachtungen bestätigt fühlte. Jahrzehntelange Übung offenbarte sich darin, mit unbeteiligter Miene die Sorgen und Nöte, die Sünden und unschicklichen Gedanken und Träume seiner Schäfchen abzuhören, also nicht zu erkennen zu geben, was sich hinter der hohen Front seiner Stirn zu Gedanken formte oder als Vorurteil, als rasch gezogener Schluss, als offene Frage dahinter verborgen war.

»Ich nehme an, er hielt sich bei euch auf, unmittelbar, bevor er zu uns kam«, sagte Monsignore endlich und deutete mit einer weit ausholenden Geste seines Arms auf Angie, auf sämtliche seiner Freunde: Der Versuch, einen chronologischen Ablauf dieser Reise herzustellen, die nun ein allzu frühes Ende gefunden haben könnte, schien ihm Probleme zu bereiten.

»Woraus schließen Sie das?«, fragte Smokey und hängte ein verlegenes »Hochwürden« an.

»Lassen Sie den Quatsch«, wurde er von seinem Gegenüber schroff zurechtgewiesen, »das mit dem Hochwürden ist lange her«, und Monsignore fuhr fort, ohne abzusetzen oder gar Atem zu holen, »weil er sehr ausgeglichen und heiter schien, als er bei uns eintraf.«

»Und trotzdem hat er es getan«, sagte Smokey mehr zu sich selber, als zu seinem Gesprächspartner, »und dies ist, was ich nicht verstehen kann.«

»Was verstehst du nicht?«: Sabine war unbemerkt zu den beiden Männern getreten und stand, unübersehbar schwanger, mit in die Hüfte gestemmten Fäusten oben am Tisch.

»Dass er sich etwas angetan haben soll«, antwortete Smokey und blickte ihr dabei direkt in die Augen, »ich meine«, Smokey zögerte und wirkte klein, alt und hilflos, »dass er sich umgebracht haben soll.«

»Welch ausgewachsener Blödsinn!«, ereiferte sich Sabine sogleich. »Zuerst wünscht er sich, dass wir eine richtige Familie würden, wie er nicht aufhörte, zu betonen, und also beschließen wir«, Sabine strich sich über den weit gewölbten Bauch, »Kinder haben zu wollen, sofort!, jetzt gleich!, und dann bringt er sich um? Unvorstellbar! Doch nicht er!«

»Dem kann ich nur beipflichten«, mischte sich Sandra ein. Sie war unbemerkt hinter Sabine getreten, »zumal ich ebenfalls ein Kind von ihm erwarte.«

Smokey erstarrte, während Sabine sich mit einem betretenen Gesicht Sandra zuwandte und zuerst deren Gesicht, dann kritisch deren Bauch musterte.

»Und ich dachte«, presste Smokey, dem sämtliche Farbe aus dem hageren Gesicht gewichen war, zwischen fast gänzlich verschlossenen Lippen hervor, »er käme zurück, sobald er erführe…«, er deutete auf seine beiden Töchter, Sunshine und Moonlight, die am Schenkel des L saßen und sich angeregt unterhielten. Sein Arm blieb unbestimmt in der Luft hängen. Smokey seufzte: »Das darf nicht wahr sein!«

»Wenn er was erführe?«, begehrten Sabine und Sandra im Chor zu wissen.

»Dass er Vater wird«, sagte Smokey.

Alle blickten zu den bunt gekleideten Hippies hinüber, die vergnügt, dem Eigenanbau sei Dank, beieinander saßen.

»Welche der beiden?«, fragte Sabine beinahe tonlos, nachdem sie sich wieder einigermaßen gefasst hatte.

Smokey stöhnte erneut auf: »Alle beide.«

Monsignore, Sabine und Sandra blickten Smokey entgeistert und mit offenen Mündern an.

»Nun«, sagte Smokey nach einer langen Pause verlegen und leise, »wir werden alle älter. Ohne Nachwuchs wird unsere Gemeinschaft eines nicht mehr allzu fernen Tages aussterben müssen.«

»Und da hast du deine Töchter angewiesen, mit ihm zu schlafen und sich von ihm schwängern zu lassen, du altes, widerliches, perverses Schwein?«, entfuhr es Sandra.

Die Gespräche an den Tischen verstummten. Alle Anwesenden blickten zu den beiden schwangeren Frauen, Monsignore und Smokey hinüber.

»Aber nicht doch!«, flüsterte Smokey, »meine Töchter sind längst erwachsen, und sie wurden schon als Kinder dazu erzogen, das zu tun, was sie wollen und nicht, was Daddy sagt oder anordnet oder sich aus tiefstem Herzen wünscht.«

Bevor jemand antworten konnte, wurden die Anwesenden abgelenkt von Monsignore, der nach Luft japste, die Krawatte lockerte, die beiden obersten Knöpfe seines blütenweißen Hemdes öffnete und den Kopf ins Genick legte. Angie sprang von ihrem Stuhl auf, rannte zu ihm, stellte sich hinter den gewesenen Würdenträger, nahm seinen Kopf zwischen ihre Hände, drückte sein Haupt zärtlich an ihren Leib und streichelte sein Gesicht: »Du darfst uns nicht verlassen«, wimmerte sie, »nicht jetzt, nicht heute, niemals, wir brauchen dich doch!«

»Lass nur«, fasste sich der Geistliche relativ schnell wieder, »es geht schon. Nur eine kleine Schwäche. Wahrscheinlich zu viel Aufregung aufs Mal für mein altes Herz.«

Er lächelte.

Smokey, der etwas zu ahnen glaubte, warf einen prüfenden Blick auf Angies Bauch. Aber erstens schien sie ihm zu alt zu sein, um noch ein Kind zu bekommen, und zweitens war nicht die geringste Spur einer Schwangerschaft zu erkennen.

Monsignore erriet, was Smokey sich überlegte und erkannte den Verdacht, der in ihm wach geworden war, also hob er die Hand: »Nicht doch! Nicht Angie. Mehr darf ich leider nicht verraten: Beichtgeheimnis.«

Felix erwacht.

Schweißgebadet.

Dieser Traum! Die Personen kommen ihm bekannt vor. Aber das war doch eine völlig andere Geschichte! Weshalb träume ich gerade jetzt davon? Was will der Traum mir sagen?

Und beginnt zu ahnen, es könnte die Aufforderung darin versteckt sein, das bisherige Leben endlich abzuschließen und zu verwirklichen, worüber er nun so lange schon nachdachte: Wegzugehen. Ein für alle Mal zu verschwinden.

Er dreht seinen Kopf. Neben ihm liegt sie, den Rücken ihm zugewandt, und scheint tief und fest zu schlafen. Die Decke ist ein Stück hinunter gerutscht und hat ein gutes Stück des teuren, einteiligen Schlafanzugs freigelegt, den sie tags zuvor gekauft hat. Gegen seinen Widerstand. Fast einen Fünfhunderter hat sie dafür hingeblättert, ohne mit der Wimper zu zücken. Welche Verschwendung!

»Aber ich habe nachts doch ständig kalte Füße«, hatte sie geklagt, »und hier, schau mal, kann ich sie hineinstecken und sie bleiben, wie sehr ich mich auch bewege und drehe und wende, stets bedeckt.«

»Und an den Füßen ist die Innenseite des flauschig weichen Materials zusätzlich gefüttert«, ergänzte die Verkäuferin, die an sie herangetreten war, »der Hersteller weiß, was sich die Kundinnen wünschen. Aber natürlich hat dies seinen Preis...«

»Aber«, hatte er eingewandt, »was, wenn du nachts mal raus musst...«, ihm war nichts Besseres eingefallen. Auf die Schnelle!

»...dann«, hatte sie gelacht, »schäle ich mich aus der Hülle wie eine Schlange, die sich häutet. Und meine Füße bleiben selbst dann warm, wenn du wieder einmal vergessen hast, das Fenster im Bad zu schließen.«

»Und wenn ich nachts plötzlich... ich meine...«, hatte er einen letzten, verzweifelten Versuch unternommen, sie vom Kauf abzubringen, doch diesmal hatte sie nicht einfach gelacht, sondern sich für das halbe Geschäft unüberhörbar über ihn lustig gemacht: »Und wann, bitteschön, hattest du das letzte Mal mitten in der Nacht plötzlich Lust darauf, mit mir zu schlafen? Sei nicht albern, Felix!«

Nun lag sie also da, verpackt in dieses teure Ding, verschlossen vom Hals bis zu den Fußsohlen. Der Vorteil ihres neuen Schlafanzugs, war Felix zufrieden, bestand ganz offensichtlich darin, dass sie noch immer tief und fest schlief. Dies kommt ihm gelegen, denn er würde der im Traum versteckten Aufforderung folgen und weggehen, sie verlassen, so schnell es nur ging. Er schlüpft vorsichtig aus dem Bett, um kein Geräusch zu verursachen, von dem sie aufwachen könnte, steigt barfuß und auf Zehenspitzen hinunter ins Wohnzimmer, stellt sich ans Fenster. Der Blick hinaus und über die Dächer der Altstadt fasziniert ihn immer wieder. Sündhaft teuer zwar, dieses Appartement, aber sie hatte ihn durchaus richtig eingeschätzt. Damit war nicht nur ihr Herzenswunsch in Erfüllung gegangen, sondern auch er hatte sich sofort ausnehmend wohl in dieser Wohnung gefühlt.

Als sein Herzschlag sich wieder beruhigt hat, schleicht er sich zurück ins Schlafzimmer, zieht sich so leise wie möglich an und gibt sich erneut alle Mühe, keinen Lärm zu verursachen, als er die Schubladen öffnet, um ihnen zu entnehmen, was er sich vorstellt, auf seiner Reise dringend zu gebrauchen. Nur das Minimum!, ermahnt er sich, denke daran, du musst dies alles auf deinem eigenen Rücken tragen!

Ausgerechnet, als er so ziemlich alles in Händen zu halten glaubt, was er unbedingt dabeihaben müsste, rührt sie sich in seinem Rücken: »Was machst du da?« Schlaftrunken ihre Stimme. »Nichts, Schatz, schlaf ruhig weiter«, will er noch sagen, erstarrt zur Salzsäule beinahe in der Mitte des Raums, und schon steht sie hinter ihm. Umfasst ihn von hinten. Erstaunt stellt Felix fest, dass er, obwohl er sich doch eben angezogen hat, nackt ist bis auf seine kurze, knappe Pyjamahose, und sie ganz offensichtlich noch weniger auf dem Leib trägt als er: Nichts als einen Slip. Denn er spürt ihren bettwarmen Leib, der sich an ihn schmiegt, ihre Brüste an seinem Rücken, die sie leicht auf und ab gleiten lässt, ihren Bauch, nackte Beine. Ihre Hände streicheln seine nackte Brust, die eine wandert hinunter, schiebt sich unter den leichten, gemusterten Stoff. »Aber was haben wir denn da?«, flüstert sie, »dann aber schnell zurück ins Bett!«

Er stöhnt.
Öffnet die Augen
Schreit:
Er erblickt das Werbeplakat der Malediven!
»Was ist denn los, mein Schatz?«, wundert sich die Frauenstimme an seiner Seite.
»Das Plakat...«, stammelt er.
»Na und? Erinnerst du dich nicht? Dies fanden wir doch romantisch, eine gute Idee: Letzte Nacht bei mir, diese Nacht in deiner Wohnung...?«
»Ach so«, antwortet er, nun völlig durch den Wind: Offensichtlich habe ich nicht nur geträumt, sondern auch vergessen, was tags zuvor geschehen ist.
»Welchen Tag haben wir denn heute?«, fragt er, obwohl er weiß, wie bescheuert sie diese Frage finden wird.
»Sonntag«, lautet die verwunderte Antwort, »aber das wirst du doch nicht vergessen haben.«
»Doch, verdammt noch mal, genau danach sieht es aus, was ist bloß los mit mir?«, schreit er.

»Ganz ruhig, mein Junge«, vernimmt Felix eine vertraute Stimme. Er öffnet die Augen, sieht in jene, die gütigen!, die besorgten!, die liebevollen!, seines Großvaters, der an seiner Seite sitzt und seine Hand hält: »Du bist eingeschlafen und hast offenbar schlecht geträumt.«

»Eingeschlafen?«, wundert sich Felix und blickt um sich. Sie sitzen nebeneinander auf den beiden unbequemen Stühlen im Vorgarten des kleinen Häuschens, das seine Großeltern bewohnen. Demnach wäre es Samstagnachmittag oder Sonntag, folgert Felix, ansonsten wäre Großvater bei der Arbeit.

Auf der anderen Seite des Zauns geht Andrea vorbei. Felix springt auf, rennt ihr entgegen: »Andrea, Andrea, so warte doch, heirate mich.« Sie aber bleibt nicht einmal stehen, lacht bloß und ruft ihm über die Schulter zurück: »Dich heiraten, weshalb sollte ich? Nur, weil wir ein wenig herumgeknutscht haben? Vergiss es. Mache erst einmal deine Erfahrungen. Vielleicht treffen wir uns dann ja wieder. Und wenn ich bis dahin keinen Besseren gefunden habe…«

Und da erscheinen auch schon Bettina, Claudia, Dora, Elisabeth, Fiona, Geraldine, Hanna, Iris, Jolanda, Katharina, stellen sich in einem Halbkreis auf, Andrea übernimmt die Aufgabe der Dirigentin, Lydia fehlt, denkt Felix, wenigstens sie ist nicht gekommen!, und Monique scheint ebenfalls nicht dabei zu sein, und schon erhebt sich ein vielstimmiges »Quak«, schwingt sich in die Lüfte in einer Melodie, die grässlich in seinen Ohren klingt: Es tut weh!

»Alles in Ordnung mit dir?«: Felix schlägt die Augen auf, neben ihm steht mit besorgter Miene, John.

»Absolut«, ist Felix sofort voll präsent, »ich habe die Augen nur geschlossen, um besser nachdenken zu können.«

»Nicht doch«, neckt ihn John, »geschlafen hast du! Ich habe dich genau beobachtet! Und das während der Arbeitszeit! Felix, der Superkorrekte! Dass ich das noch erleben durfte!«

»Aber nein«, wiegelt Felix ab, »ich habe die Augen geschlossen, um mir die Unterschiede in den Ergebnissen unserer beiden Untersuchungen noch einmal in aller Ruhe durch den Kopf gehen zu lassen. Und ich bin fündig geworden: Während deine Probe ganz offensichtlich, ich habe sie mit den Angaben des Statistischen Amtes abgeglichen, ziemlich genau der Zusammensetzung der gesamten Landesbevölkerung entsprach, habe ich eine jüngere, mobilere, urbane Gruppe erwischt, also eine Region, die in der Bevölkerungsstruktur signifikant von der Gesamtbevölkerung abweicht. Aber beide Erhebungen sind ansonsten korrekt und aussagekräftig.«

»Dies bedeutet«, sagt John, »dass wir damit zwei unterschiedliche Testmärkte gefunden haben. Wir könnten denen da oben«, er deutet zur Decke des Büros, »somit einerseits vorschlagen, Produkte, die für alle Altersgruppen, beide Geschlechter, sämtliche Bildungsniveaus undsoweiter gedacht sind, in meinem Gebiet, jene, die spezieller auf jüngere und flexible Menschen ausgerichtet sind, in deinem zu testen?«

»Ganz genau«, bestätigt Felix.

»Nicht schlecht, Alter«, attestiert John. »Es wird uns zwar nicht reich machen, aber man wird uns gratulieren, da bin ich mir sicher.« Und fügt nach einer Pause an: »Geschlafen hast du aber gleichwohl.«

Bevor Felix erneut aufbegehren kann, sagt John geschwind: »Kaffee?«

»Gerne!«

»Kommt gleich!«
John geht zur Tür.

»Du, John«, erklingt Felix' Stimme in seinem Rücken.
John wendet sich seinem Kollegen zu: »Ja?«
»Sag mal, geht ihr heute zu eurem Bier?«
»Wie immer am Freitag, das weißt du doch! Spätestens um halb sechs. Weshalb fragst du?«
»Ich hätte Lust, mich euch anzuschließen, wenn ihr nichts dagegen habt.«
John steht, sprachlos und mit offenem Mund, da.
»Lieber nicht?«, fragt Felix etwas verzagt und enttäuscht.
»Nein, nein«, beeilt John sich zu sagen, als er die Sprache wiedergefunden hat, »es ist bloß…, du warst noch nie dabei. Offenbar wirst du langsam wieder normal, mein Alter. Damit muss ich erst fertig werden. Aber freut mich! Ich informierte schnell die übrigen Jungs. Dann bekommst du deinen Kaffee.«

Und er stürmt in den Flur hinaus.

Broglio, Februar bis Juni 2015

Inhalt

Eins		**7**
I	7	
Andrea	*12*	
II	13	
Bettina	*16*	
III	17	
Claudia	*29*	
Zwei		**31**
I	31	
Dora	*39*	
II	40	
Elisabeth	*49*	
III	50	
Fiona	*61*	
Drei		**63**
I	63	
Geraldine	*78*	
II	79	
Hanna	*87*	
III	88	
Iris	*97*	
Vier		**99**
I	99	
Jolanda	*119*	
II	120	
Katharina	*137*	
III	138	
Lydia	*154*	
Fünf		**157**
I	157	
Epilog		**167**

Martin Andreas Walser

Die Notizen des Verstummten

ISBN 9-783848-230693, Erzählung, 2014, 112 Seiten, Paperback

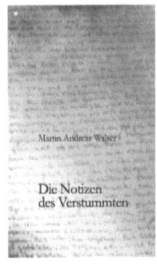

Eines Tages war es einfach genug gewesen: Robert hatte genug geliebt, gehofft, gelitten, erlebt, erfahren, gelesen, gesehen, gehört. Also zieht er sich zurück in eine Institution, die ihm das ermöglicht, was stets zu kurz kommt: »Nur denken, nachdenken: das kann man nie genug«, vertraut er seinem schwarzen Notizbuch an.

Das »fiktive Porträt«, so der Untertitel der Anfang 2014 erschienenen Erzählung »Die Notizen des Verstummten«, erzählt die Geschichte des Literaten Robert, der in seinem schwarzen Notizbuch, fünf davon füllt er in seiner Kammer und das sechste ist bereits halb voll, vermerkt:

»Wie soll man aufgrund der täglichen Beobachtungen anders können, als an der Welt zu verzweifeln? Irgendwann muss es einfach genug sein mit all dem Plappern und Nachplappern, mit all diesem gedankenlosen Dahergerede, mit diesen derart leicht zu durchschauenden Lügen. Sie verboten, verunmöglichten!, es mir eines Tages, alles sträubte sich in mir dagegen!, weiter an ein Gutes auf diesem Erdball zu glauben. Ich sah mich genötigt, aufzuhören damit, die Reinheit von Gefühlen zu beschreiben, die Macht der Liebe zu besingen, die Landschaft in bunten Farben erstrahlen und die Menschen von innen heraus leuchten zu lassen, denn alles, was uns täglich begegnet, straft jene Harmonie Lügen, die ich in den Mittelpunkt meiner Betrachtungen stellte, Tag für Tag und Nacht für Nacht belegt das Verhalten weiter Teile der Menschheit das Gegenteil dessen, wovon ich berichtete und was ich als Ideal besang.«

Martin Andreas Walser

Wiederkehr

ISBN 9-783735-741387, Erzählung, 2014, 108 Seiten, Paperback

Thomas Wiederkehr ist ein Mann ohne besondere Eigenschaften. So jedenfalls wird er im Unternehmen wahrgenommen, für das er tätig ist. Dass er durchaus eine andere Seite hat, weiss niemand, denn er hält sein privates Leben strikte vom öffentlich sichtbaren getrennt.

Und vielleicht hätte er sich nie mehr an seine erste, seine Jugendliebe erinnert, wäre er, mittlerweile über 60 Jahre alt, nicht auf einem der Flure des Unternehmens mit einer jungen Frau zusammengestoßen: »Wäre da nicht diese junge Frau in mein Leben getreten, wie wichtig dies klang!, in Wahrheit ein winziger Zufall, herbeigerufen, wodurch sie ins Gespräch kamen, durch eine kleine Unaufmerksamkeit, ihrerseits?, seinerseits?, hätte ich mich wohl nie, zumindest nicht in dieser Intensität, an jenen Nachmittag zurückerinnert: dies wusste er.«

Seine Gefühlswelt gerät in Unordnung; Thomas Wiederkehr ist verunsichert. Zumal er zu spüren glaubt, dass er sich nicht einfach in diese junge Frau verliebt hat, sondern dass sich dahinter etwas verbergen könnte, was er nicht einzuordnen weiß. Er flüchtet in den Süden, in das Haus eines Freundes.

Da klopft jemand eines Abends völlig unerwartet an seine Tür...

Haben Sie diesen **Martin Andreas Walser** bereits gelesen?

Die Romane

DEINSEIN (ISBN 9-783738-612967, 2015, 184 Seiten, Paperback)

DIE ZUKUNFT DER ZUKUNFT:
ZUR VORSPEISE DIE FLAMME

TEIL 1 (ISBN 9-783842-339699, 2010, 188 Seiten, gebunden)
TEIL 2 (ISBN 9-783848-225828, 2012, 256 Seiten, gebunden) *

SCHERBENLEBEN
(ISBN 9-783848-230693, 2012, 80 Seiten Paperback) *

UNGLÜCK
(ISBN 9-783839-134382, 2009, 268 Seiten, Paperback)

VOM LEBEN
(ISBN 9-783837-070996, 2. Auflage 2009, 224 Seiten, Paperback)

* = auch als E-Books erhältlich

www.martinwalser.ch

Die Erzählungen

WIEDERKEHR
(ISBN 9-783735-741387, 2014, 108 Seiten, Paperback) *

DIE NOTIZEN DES VERSTUMMTEN
(ISBN 9-783732-244928, 2014, 112 Seiten, Paperback) *

JAKOB, DER HAUSDIENER
(ISBN 9-783732-231041, 2012, 96 Seiten, Paperback) *

AM SEE (ISBN 9-783844-819595, 2012, 96 Seiten, Paperback) *

VALLEMAGGIA
(ISBN 9-783844-810981, 2011, 80 Seiten, Paperback) *

SILBERHERZ
(ISBN 9-783842-351431, 2011, 120 Seiten, Paperback)

HERZBLUTEN
(ISBN 9-783839-162903, 2010, 88 Seiten, Paperback) *

SEHNSUCHT
(ISBN 9-783839-115855, 2. Auflage 2011, 80 Seiten, Paperback) *

Kurzprosa

ZWISCHENHALT
Notizen, Gedanken, Texte
(ISBN 9-783732-244928, 2013, 108 Seiten, Paperback) *

* = auch als E-Books erhältlich

www.martinwalser.ch